星际探险

地大星球

狩猎场

造梦师 著

清華大學出版社
北 京

图书在版编目(CIP)数据

星际探险：地火星球狩猎场 / 造梦师著. —北京：清华大学出版社，2018.7（2025.1 重印）

ISBN 978-7-302-50005-6

Ⅰ. ①星… Ⅱ. ①造… Ⅲ. ①科学幻想小说—中国—当代 Ⅳ. ①I247.5

中国版本图书馆 CIP 数据核字(2018)第 081081 号

责任编辑：张立红
封面设计：李玉婷
版式设计：方加青
责任校对：刘静婉
责任印制：杨　艳

出版发行：清华大学出版社
网　　址：https://www.tup.com.cn, https://www.wqxuetang.com
地　　址：北京清华大学学研大厦 A 座　　邮　　编：100084
社 总 机：010-83470000　　邮　　购：010-62786544
投稿与读者服务：010-62776969，c-service@tup.tsinghua.edu.cn
质 量 反 馈：010-62772015，zhiliang@tup.tsinghua.edu.cn
印 装 者：涿州市般润文化传播有限公司
经　　销：全国新华书店
开　　本：148mm×210mm　　印　　张：6　　字　　数：114 千字
版　　次：2018 年 7 月第 1 版　　印　　次：2025 年 1 月第 5 次印刷
定　　价：32.00 元

产品编号：074241-02

序曲

永远燃烧的地狱之火。

岩浆闪亮，溢满纵横交错的沟壑，微微流动着，以微弱的红光照亮这个黑暗的世界。

大地震动，永不停息，就像一面擂响的战鼓，又像地心隐藏着一头怪兽，在梦魇里酝酿着怒气，当它醒来就会一跃而出撕碎整颗星球。

在这高温高压的深海之底，一座座黑烟囱从大地上腾空而起，向上无限高的伸展，巍峨壮观，它们带出行星内部的热量，更带出硫化物与各种矿物质。

在海水中，飞舞着一些闪光的生物，它们亮丽如灯，色彩缤纷，悬悬停停，而在海底的淤泥中，有无数的生命在蠕动，不时翻滚出巨大的尾巴。

这并非仅是星球的一隅。

由于处于复杂的天体系统，这颗星球承受反复交变的潮汐牵引，在巨大力量的蹂躏下几欲碎裂，形成的地壳大裂缝有几千条，绵延数万公里，在深深的海洋之底分分合合。

就在这样的地狱之中，不仅有生命，也存在着灵魂，因为上帝是公平的，也给予了它们数十亿年的进化时间。

六触才惊险逃生，它受到了惊吓，快速而局促的鼓动腹囊，向后喷着水，一边焦急的向四周发出哀叫，同时撑开耳孔，倾听回声，来寻找它被冲散的同伴们。

它们是不是都死了？为何听不到一点回音？想到这一点，它全身一阵抽搐，极度的悲痛，头顶伸出的那盏小灯，一亮一灭剧烈的颤动。

“你们都在哪里？你们都在哪里？”六触发出声波，一遍遍焦急的呼唤。

不久前它的家族才迁徙到这片新栖息地。

这里地火温柔，在深深的地河里流淌，无数的气泡，从大地的深处升起，向上飞掠，为这片水域带来新鲜的能量物质。

地河的两岸，有无数的海葵花，姹紫嫣红，它们安静平和，一端向下深深扎入淤泥里，一端向上伸出绽放的触手，摇曳招展，就像跳舞的花朵。

六触的新家就建立在这条火河旁，几百个兄弟姐妹，勤快的来来去去，用灵巧的触手抓来淤泥和石块，很快搭建起一座新的堡垒。

然而在这个弱肉强食的蛮荒世界，危险无处不在，不管它们迁移到何处，苍鳐都会循踪而来，或许这个时代，本来就该由这些长虫猛兽主宰。

它们自卫的工具只有磨得锋利的石头。

当面对庞大如山的苍鳐，它们就像勇敢的战士，毫不退缩，拼命投掷石刀石枪，一件件武器打在苍鳐坚硬的鳞甲上，它却毫发无伤，只是更加激发出它的暴躁与狂怒。

等它们的武器耗尽，苍鳐低下巨大的头颅，蜷起双翼卷住它们的堡垒，一瞬间就压断为几截，一边张开血盆大口，等着六触的兄弟姐妹们从堡垒废墟里奔逃出来……

“你们都在哪里？你们都在哪里？”

它听到了一些回音。远处似乎有一片萤火，就像它伙伴的头灯一样。

难道幸存的伙伴们躲在那里？

六触欣喜若狂，它全力鼓动腹囊，向后喷水，向那个方向飞快游去。

一片碎石，个个尖锐锋利，背后是一个幽深的洞口，同族的声音，就是从那里传出的……

那声音里有诱惑，仿佛在呼唤着“来吧——来吧——”，也有绝望的哀嚎，就像是临死前的呐喊，六触突然发现，那一盏盏萤火，并非是伙伴的头灯，而是一块块发光的鳞片！

它立刻转头就跑！身后那个巨洞瞬间闭合，那些碎石发出牙齿碰撞的巨响。

躲开了这次诱捕，六触放弃了寻找同族的努力，它逃到海葵花丛中，躺在那里，一动不动，就像死去了一样。

它的种族是这个世界里唯一可以制造工具的生物，它们也是天生的艺术家，懂得如何协同劳作，建筑繁复精致的堡垒，然而它们如此弱小，仅有灵巧的触手，聪明的头脑，没有锋牙利齿和强劲身躯，不足以自保，无法与暴蛇、苍鳐与泥虎等猛兽抗衡。

六触将头深深埋在海葵花里。

它不止是疲惫，还感到深深的绝望。

或许它是这个家族留在世界上的最后一个孤儿。

或许这个种族注定就是时光里的匆匆过客，将在生命演化的长河中消失，或许上帝创造它们，只是一个误会，它们本来就不该在这个星球上存在。

海葵花伸展花瓣，触丝蠕动，轻轻将它抚慰。

它们不会知道，在它们头顶几千米，海洋与空气的交界，结着厚厚的冰盖，那里极度严寒，堆积着亿万年的冰川。

它们不会知道，在冰盖之上，风声嘶吼，犹如千军万马，大气极度狂暴，生成数个台风一样巨大的气旋，它们相互拥挤、碰撞和纠缠，拼着命要将对手吃掉。

它们不会知道，掠过每秒几万次电闪雷鸣的黑暗云层，在这个严酷的世界之上，宇宙露出它本来的容貌：满天的星斗，星河灿烂密集，夜幕那样细腻而温柔，仿佛离你如此之近，让你想去亲吻和触摸。

此刻有一个发光物，就像一枚闪亮的银针，幽幽地滑过星空，正向这颗星球的方向飞来。

它们不会知道，即便知道也不会理解，那个发光的东西是什么，有什么意义，更不会知道，自己的命运，以及整颗星球的命运，将因它的到来而发生怎样的巨变。

目录

1. 在“达尔文号”飞船上

“达尔文号”飞船冲向那颗蓝色巨星，沐浴在它炽烈的光焰中，就像饕餮一样贪婪地吸取它的能量。自从离开上一座恒星系，“达尔文号”飞船已经穿越 6.5 光年的宇宙空间，它现在急需补充能源，为下一次量子蛙跳的超时空旅行做准备。

飞船外是炽热的光海，温度高达几千摄氏度，即便是一块铁也会被迅速融化。

在它的下方，每秒 100 万颗氢弹同时爆炸，无数朵炽亮的金菊花，从那颗蓝色巨星的深处竞相绽放出来，重重叠叠，层出不穷，铺满了光海的表面。一束束日珥剧烈喷发，从恒星表面向外高速抛射，就像长长的花蕊，每条长达数万公里，此起彼伏，永不停歇，裹挟着巨大的能量冲向广袤的宇宙太空。

而飞船里却是凉爽宜人，温度是恒定的 23 摄氏度。

星际探险：地火星球狩猎场

在明亮整洁的金属走廊里，点缀着绿色的藤蔓植物，挂满繁茂青翠的叶子，营造出宜居的自然环境。横贯飞船轴心的量子引擎无声运转，为飞船提供对抗恒星引力的动力。以开采自中子星的超重元素[①]制造的飞船外壳，原子排列极其致密，将来自恒星的强辐射与超高温隔绝在飞船之外。

此刻于明才被达尔文唤醒，他还躺在休眠舱里——

“无边无际的黄色大沙漠……一丛丛紫色的多肉植物……蹦来蹦去的扁平飞虫……凶猛的矗鳄突然蹿出来张开利齿……一群群像精灵一样的智慧生物……相貌奇特但却有别样美丽的外星人公主……”

他的脑子不停地回想着，还沉浸在方才的梦境里，回放着风景绮丽的“电影”——

“那真是太美好的经历！我一定要记住它们！”他自言自语地说道。

---

① 超重元素：全称为超重核稳定岛元素。核物理学家发展了原子核壳模型理论，很早就预言在不稳定超重元素的“海洋”中，一定存在一些稳定的“原子岛”。

很多年后，一种特殊的超重元素在人类探索中子星时被发现，其原子核中的中子数超过1000，排列呈特殊状态，只能在某些中子星残骸上生成。维持在总体临界质量之内就会保持高度稳定，不会发生衰变。

这种超重元素是理想的宇航材料。它密度极大，每立方厘米重达百万吨，极其坚固致密，切割钢铁就像划破空气或水。它可以隔绝一切电磁辐射，隔绝高温与低温。以其制造宇宙飞船的外壳，哪怕在恒星的光焰中穿行也会毫发无损。

1. 在“达尔文号”飞船上

他刚经历了一场漫长的宇航休眠，长达几个月，达尔文为他安排了场面宏大、效果逼真的外星探险之梦。

“所有的宇航员请到星际导航室集合！”休眠舱里响起一个女性的声音，他听出那是女机器人宇航员朵蕾的呼唤。

这个声音让他从激动人心的探险梦境中彻底清醒过来。他脱下脑电头罩，摘掉插满全身的体液导管，起身爬出休眠仓，穿上漂亮的宇航员制服。他快步来到镜子前，一番盥洗之后，刮掉这几个月来疯长的胡子。

镜子里映出的那个男人，眉清目秀，容光焕发，脸上的皮肤光滑细腻，看上去满是胶原蛋白，年轻英俊，就像从未经历过沧桑岁月的洗礼。左看看、右看看，他非常满意，对着镜中的自己笑了一笑，感觉都要被自己迷倒了。

“太好了，谢谢你，达尔文。”他发自内心地小声说道。

在宇航休眠期间，达尔文不仅给了他一个美好的宇航探险之梦，还启动永生系统为他修复了所有衰老的细胞，将他的身体时钟调回到最年轻的时刻。

他离开这间独立休眠室，迈着轻盈的步子，穿过爬满翠绿藤叶的金属走廊，向飞船另一端的星际导航室走去。他感到自己浑身是劲，充满了青春活力。

此刻周围的环境异常舒适。无论飞船是在飞掠炽热的恒星表面，还是漫游在接近热力学零度的寒冷太空，达尔文都可以将飞船里的人造重力场、温度和空气，调到最适合人类生存的状态。

走廊的尽头就是星际导航室，此刻开着门，屋内弥漫着淡黄色的光，脚下是打磨精致的金属地板。四周的金属墙壁上闪烁着几百盏小灯，一亮一灭，就像思维在人工智能的大脑里流动。达尔文已经站在那里等着他。

只见一个红色的半透明影子站在他眼前，在这一圈红色的光晕中现出一副饱经沧桑的形象，那是一个老人，满脸的皱纹，大胡子，秃顶，说不清楚他的年龄有多大，一双深陷在鱼尾纹中的眼睛看着他，目光里满含慈祥和善意。

“达尔文老师！非常高兴又看到您！”于明大声说道。

他立刻迎上前去，热情地伸开双臂，拥抱那个虚幻的红色光影。虽然只隔着一场梦境，与达尔文的分别似乎就在昨天，但于明感到就像久别重逢，心中充满激动和喜悦！

那个老人也张开双臂迎接他的拥抱，于明感到一点点轻微的斥力，似乎自己的身体穿过了那团红色的光影，他们就这样在虚空中轻轻地拥抱了一下。

“于明，我也很高兴又见到你，很高兴看到你又恢复20岁的身体，青春焕发、充满活力，这次睡眠好吗？喜欢我为你安排的外星探险梦境吗？”

那个老人亲切地问，他的手握住了于明的手。于明虽然感觉不到他手的重量，但那只手发出的红光透射进他的皮肤，让他从里到外感觉到了温暖。

“我非常非常喜欢！您为我安排的探险梦境太逼真了，以至于到现在我还分辨不清楚，您唤醒我，这究竟是一场外星探险梦境的结束呢，还是另一场外星探险梦境的开始！”

“呵呵呵，我相信是后者。”环绕着红色光影的老人愉快地笑道，“不过，这次摆在你们面前的可不是什么虚拟梦境，而是一场现实的外星科学考察任务，我想有可能要远比你梦境中所经历的艰难很多。”

于明和达尔文愉快地交谈着，“达尔文号”的其他宇航员也陆续来到星际导航室。

大卫首先走了进来，他的一双钢足踏在地板上铿锵作响。

他是资历最老的宇航员，仅次于达尔文，不过从他的外表却看不出来——

他有着高挺的鼻梁，卷曲的头发，俊美的脸庞，看上去和那尊与他同名的古希腊雕塑一模一样。不过他的身体不是用石膏也不是用大理石，而是用珍贵的铂金打造的，几千个关节组成健美的金属身躯，上上下下都闪耀着银色的光辉。

作为机械复合式人，他身体的 90% 已机械化，唯有一双灰色的眼睛藏在深邃的眼窝中，仿佛能看透人心的秘密，也提醒着众人，在这个金属身躯里还保留着一个纯正的人类的心。

“大卫老兄！好久不见！”于明立刻上前握手，与他拥抱了一下。

琳达在大卫的身后走了进来，于明的眼前瞬间一亮——

那个略显臃肿的中年女性不见了，达尔文又将她恢复成了妙龄少女的模样。

脸上的皱纹都消失了，代之以吹弹可破的白皙肌肤，散发出青春耀眼的光泽。水蜜桃般甜美的面容，飘逸的金发，翘挺的鼻梁，蓝色的眼睛，是那样青春靓丽，当她款款走进来时，就像芙蓉出浴般光彩照人，于明感到整个世界都瞬间变得美好了。

于明恍然想起最初与她相遇的情景——

那是在自然条件适宜的热纳星，一座人工建造的海上城市里。光盘很小但炽白耀眼的太阳，将明亮的光辉洒满紫色的海面，在海风吹拂的街道上，橙色的外星植物长叶飞扬，那一刻琳达就是这样款款走来，画面是那样的唯美，让他目眩神迷，心旌摇荡……

他们很快就相识了。当他知道琳达是一个心无旁骛的生物学家，报名参加了“银河星图”计划，要将一生献给外星生命研究时，便追随她的脚步踏上“达尔文号”。一方面探索宇宙是他少年时的梦想，另一方面他也希望与她同行，一直陪伴她走到宇宙的尽头。

“大卫、琳达，你们休息得好吗？很高兴再次见到你们！”达尔文说道。

“达尔文老师！休息得非常好，非常感谢您的关照！”

“琳达，你又变得年轻漂亮了！在外星探险之梦中，你有没有梦见我？”于明与琳达欢快地说着话。达尔文使用永生技术帮助他们恢复了青春，人生又重新开始了，随着身体细胞被恢复成年轻状态，他们的心情也变得和年轻人一样活跃。

两个机器人宇航员走了进来，它俩一高一矮，形成鲜明的对比。

大力神身高 2.00 米，走起路来掷地有声。

这是一个军事机器人，站在那里活像一尊金刚，它一身的钢甲非常明亮。在方块形的金属头颅上，一双电子眼目光如炬，粗犷的钢铁手臂，左臂上是一具超能脉冲激光刀，右臂上是一架电磁导弹发射器，这些武器轮廓鲜明，想藏都藏不住。而作为一个战争机器，在这一身钢甲的掩护之下，还不知道藏着多少种奇妙的武器。

而小叮咚的身高只有 1.00 米，走进来时悄无声息。

它是一个光头裸体的小男孩，一张娃娃脸，表情轻松可爱，身体呈清澈半透明状，就像是由某种胶状物质构成的，星星点点的亮光在它的身体里流动，仿佛有能量在聚集或扩散，不时有奇怪的符号在体表出现又消失，让它全身上下都散发出神秘的气息。很明显，这是一个电子信息机器人，它有着神奇的功能，但并非用于武力。

所有的宇航员都进入星际导航室，来到一张大圆桌前坐定，此刻在弥漫淡黄色光线的房间里，在四周光辉流动的金属墙壁上，一片片百叶窗的扇叶开启，洁净的空气从那里吹了进来。

“欢迎诸位随‘达尔文号’宇宙飞船来到新的恒星世界，这是人类以前从未到达的新星域，祝愿你们在新的宇宙考察周期，有美好的经历和愉快的心情！”

达尔文说了开场白，这个笼罩在红色光影中的老人，就坐在于明和大卫的中间。

“达尔文老师，非常感谢您，请问我们的飞船飞到了哪里？为我们介绍一下这片新星域的情况吧！”琳达坐在于明的身边，她的声音从容镇静、悦耳动听。

“按照星盟事先制订的航行计划，我们的飞船将沿着银河系的猎户座旋臂跳跃飞行，向银河系中心的方向前进，目前我们到达的这颗恒星在星图上的编号是 C5896，距离星盟首都奥林匹亚星 329 光年。它是一颗蓝巨星，质量为太阳的

2.5 倍。此刻我们的飞船正飞掠过这颗恒星的表面，沐浴和吸收它的能量以补充能源。”

“达尔文老师，这颗恒星带有行星或者其他大型天体吗？”于明问道，这是他每到一个新星系首要关心的问题。

不管有无孕育外星生命甚至是外星文明，每一个大型天体都是银河星图计划考察和评估的重点。因为每一个多种元素密集的星域，只要自然条件不是太极端，未来都有可能成为人类建设太空城的选址。

“它有七大行星，还有数千颗小行星。当我们的飞船进入这座星系之初，在你们还处于休眠期间，我就发射了探测器，分别对这些行星与星系内较大的天体进行了考察。让我为你们还原这片星域真实的立体图景吧！”

这个被包围在一团红色光影中的老人，伸出他发光的手指，轻轻放在一个按钮上。

在这间星际导航室里，所有的光线立刻熄灭，周围舱壁上流动的光点此刻也全部消失，整个空间陷入一片漆黑之中。

有一个宛如光球的装置从他们的头顶缓缓下降，它放射出千千万万道白光，投影在周围的黑暗虚空中。一瞬间，万万千千的星光灼灼闪现，越来越亮，在他们的周围映现出宏伟的银河系！

无数闪亮的星星，如同银沙汇聚，围绕在他们的四周，绵绵密密，编织成一圈圈的光带，令人触手可及——

放眼看去，银河系的三大旋臂——英仙座旋臂、猎户座旋臂、人马座旋臂，因为群星汇聚、星光稠密，可以清晰地辨认。它们远远近近重叠缠绕，形成一个亮晶晶的巨大旋涡，深不可测，将他们深深地包围在中间。

于明熟知人类星盟在银河系的位置，他向猎户座旋臂的边缘望去。可是在那个地方只有一些模糊的星光，分辨不出哪一颗星是奥林匹亚，更别说人类起源地的太阳系，而小小的地球在这一张立体星图上就更不可能找到了。

头顶的光球装置开始旋转，斗转星移，群星穿过他们的身体，星光极度密集的银核向他们迎面扑来，照亮每一个人的脸。那是银河系的中心，三大旋臂的发源之地，在那里有无数颗超巨恒星，它们团聚成球，围绕着银心的巨型黑洞旋转，那里正是“达尔文号”飞船此次宇航要到达的地方。

前方一颗星体越来越亮，越来越近，越来越大，盖过所有的星光，直向他们扑来，将星际导航室照得亮如白昼。原来他们在飞近一颗恒星，那是遥远宇宙中的另一颗太阳！

“这就是我们目前所到达的 C5896 号恒星，它位于猎户座旋臂之上。为了让大家可以看得清楚，现在我淡化银河系的群星背景，将这个恒星系家族主要成员的图像做一个强化处理。”

转眼之间他们已经置身于这个恒星系中。

位于整个画面中心的蓝色恒星，就是这个恒星家族的家长，它光芒四射，体积巨大。

在它的周围环绕着几百个光点。有几个光点相对较大，明亮耀眼，但其他大多数光点都是小如微尘，闪闪烁烁，隐隐约约地勾勒出一个扁椭圆形星盘的轮廓。

银河系的背景群星被抹去，只见随着达尔文发光手指的移动，一颗颗星球被迅速放大，接二连三地从缥缈的虚空中凸显出来。

一共有七颗星体，远远近近，从内到外，围绕着恒星旋转。它们漂浮在虚空中，每一颗的颜色都不相同，显得那样的明艳、那样的立体。

最大的那颗星体，反光也最强烈。它的表面光纹流动、明暗交错，金黄与橙红的色彩纠缠，形成一个个旋涡，就像一个浓墨重彩的皮球。星体外还有着一顶白色的星环，仿佛戴着一个晶莹的帽子，更远处有几颗天体卫星围绕它运行。

其他的几个星体，颜色大小不一，或莹白、或金黄、或粉红，大多数也带有卫星，可惜没有一颗是蓝色或者是绿色的。其中有两颗星体靠得很近，它们体量相当，相互环绕，很明显这是一个双行星系统。

“达尔文老师，这是一个非常棒的恒星系，非常有考察价值，它让我想起了太阳系，请问您初步考察的结果怎样?在这个恒星系里发现外星生命了吗?”

琳达的声音有些激动，她身体前倾，用一双美丽的蓝色大眼睛看着这些星体，鼻梁高挺，丝丝缕缕的金发飘扬，星光映亮了她白皙的青春无暇的脸庞。

“初步返回的探测结果很令人失望。”达尔文说道，“我们的生命探测器对这些行星和天体进行了精细的考察，尽管其中五颗行星有浓密的大气，但在它们的表面却没有发现存在任何生命活动的迹象。我初步得出的结论是，这个恒星系没有外星生命。”

“哦！那真是太遗憾了！不过我仍然认为它们有很好的科学考察价值。”琳达向后撤回了身体，靠在椅背上，声音中透出失望和惋惜。这个结果其实并不出乎她的意料，生命是宇宙创造的奇迹，是稀有的珍贵之物。可以孕育生命的星球，在宇宙中毕竟只是极少数。

“达尔文先生，我想您应该有什么特别的发现，否则您为何从漫长的星际休眠中叫醒我们?应该不是就为了让我们看一眼这些毫无生命的蛮荒星球吧！”

大卫开口说话了，他有着异常磁性的男性嗓音，那是电子发声器合成出来的，一听就迥异于人类正常的声音。此刻他做出和大卫雕塑一模一样的动作，以一只手支撑着下巴，用沉思的目光看着这些天体。星光熠熠生辉，照亮了他的金属面孔，也落在他深邃的灰色眼眸中，那是一双属于人类的眼睛。

根据宇航规则，如果“达尔文号”来到一个新星系发现新行星，但在这里没有发现任何存在外星生命的迹象，对于天体的测绘达尔文就可以自动处理，无须叫醒休眠中的人类宇航员。

“大卫说得没错，达尔文老师，快告诉我们，您叫醒我们有什么特别缘由，我非常想知道，您在这里有什么特别发现吗？”琳达的心中又燃起了希望。

“是这样的，有一颗星球，它很特殊，让我感到非常疑惑。”达尔文说到这里，语气停顿，不说下去，就像要卖一个关子，或者遇到什么难题，眉头紧蹙。

“达尔文老师您快说吧！您发现了什么呢？”于明也着急地催促道，他非常好奇，还有什么会让经验丰富的达尔文都感到困惑的呢？

达尔文将苍老的手举起，那个悬在头顶的光球装置迅速转动，一颗星球疾驰而来，转眼间飞到他的手上，正是那颗巨型气态行星。在他的触摸下，这图像进一步放大，一颗粉红色的星星从他的身边转了出来，它有着晶亮的粉红色，看起来非常娇艳诱人。

“这是第五号行星的一颗卫星，这个行星系统距离恒星非常遥远，表面温度很低，覆盖着厚厚的冰川，在它的表面没有发现任何生命活动的迹象，而我根据天体物理模型计算，在那片冰盖之下，应该有一片面积广大的液态海洋。”

“哦！”众人的目光都被达尔文老先生发光的手吸引，聚焦在那颗粉红色的天体上。

“有海洋就可能孕育生命！”琳达双眼放光，身体前倾，她的兴趣被那颗星体点燃了。

“这颗卫星具有明显的特殊性。”达尔文继续介绍道，“它所在的这个行星系统，由于气态行星质量巨大，它们的轨道相互缠绕，距离太近，受到巨行星的引力潮汐作用，导致它的地壳运动异常活跃，巨大的能量从地心深处释放出来，喷涌的岩浆带出丰富的化学物质……”

“在这样的环境里，有可能演化出地壳热液类生命，很多外星生命最初都是在地壳热液的环境中起源的。”于明插话道，“不过这类生命往往结构简单，处于生命起源进化的初始阶段，所以没有多少科学考察价值。”

“于明，你说的那一类星球，地壳大裂缝在那里是稀缺的环境，相对非常稀少，如果一颗星球地质活动特别活跃，有几千条地壳大裂缝呢？”

达尔文再次将手伸向那颗星球。在他的抚摸下，粉红色卫星的外壳脱落，露出密密麻麻的红色线条，就像是一个布满毛细血管的动物胚胎。

“这是这颗卫星的太空地质遥感探测图，它有着与地球大致相当的表面积，是地球的质量的70%，地壳大裂缝却有几千条，在冰层之下广泛分布着适合热液生物生存的环境。”

“达尔文老师，生物生存的空间越大，那么生命向高端演化的概率就越高。”琳达说道，她是宇宙生物学家，见识比较丰富，“如果大自然给了地壳热液生物巨大的生存空间，我相信同样会创造生命的奇迹，演化出种类繁多、结构复杂，甚至具有高等智慧的生命。”

“是的，是的！”达尔文赞同地点头。

“可是我们的生命探测器无法到达冰层之下，那厚厚的冰盖隔绝了生命的信息。”达尔文说道，“在那片上有冰川覆盖、下有岩浆喷涌的海洋里，只存在着简单的细菌，还是游动着低等生物？或者生命已经充分进化，是一个到处充满大自然奇迹的世界？由于厚厚冰盖隔绝，我们无从知道。”

达尔文耸了耸肩，双手一摊，做出无奈的表情。然后目光紧盯那颗星球，仿佛要穿透它，透视它内部的神秘空间，寻找生命的答案。

“达尔文老师，我知道您这次要交给我们的任务是什么了！”于明语气坚定，他站起身，目光离开达尔文，环视了一圈，“我们应该驾驶着陆器登陆这颗星球，钻透冰盖，去那片冰层之下的海洋世界进行科学考察！”

“我同意！或许那里存在的生命具有意义非凡的科学考察价值。”琳达应声说道，于明说出了她的想法，所以她立刻高声表达支持。

于明看到琳达投来赞扬的目光，心里充满了幸福感和力量！

“如果这颗星球有演化出高等生命的可能，那么我们就必须去。”大卫用他那迥异于人类的磁性声音说道，“必须”两个字他说得非常重，仿佛别有用意，让人听见后全身一颤。

“太好了，自从上次离开海豚星，我已经很久没有再使用思维波和外星生物交流了！我都要忘记自己的技能了！希望在那里可以遇见不同凡响的新生命！”

他们听到一个小男孩清脆的声音，但不是用耳朵听到，而是一个声音直接闯入心灵，那是机器人宇航员小叮咚用心电感应在他们心里发出的声音。

“希望这是一次有趣的异星探险！能遇到什么危险生物最好了！让我的武器也可以用得上！”大力神说起话来宛如机器轰鸣，它抖动双臂，发出金属撞击的声音，“如果长期没有用武之地，我的身体关节也会生锈的！无论遇到任何情况都不要怕不要慌！我是勇敢无畏的机器人，我可以保护好你们！”

“如果你们登陆这颗星球去考察那片冰盖之下的海洋，将不得不面对非常糟糕的外星环境，可能会遇到很多意料不到的危险，主要来自已知和未知两个方面——”达尔文紧蹙着眉头，慢条斯理地说道，声音中似乎有很多担心。

“达尔文老师，已知和未知的危险都来自哪里呢？”

“已知的危险来自这颗星球恶劣的气候和地理条件，那里简直就像是活地狱一般恐怖。我们观察到星球大气中有异常强烈的气旋，即便你们能穿越大气层平安着陆，还要钻透厚厚的冰盖才能到达目的地，那里岩浆喷涌，火山喷发——”

“我们知道，比这更恶劣的外星环境我们也经历过，我们有心理准备。”

“嗯，这些是已知的危险，未知的危险则来自这颗星球只有地球质量的70%，重力相对较小，在冰下海洋中有可能演化出巨大的生物，不排除你们要面对像魔鬼一般的危险生物的攻击。”

“达尔文老师，我们不怕冒险！考察千奇百怪的外星生命世界，为人类星盟研究宇宙积累原始资料，正是我们这次星际旅行的任务，也是全人类交给我们的使命！”

“达尔文老师，我们有先进的‘好奇者号’多功能着陆器，有大力神和小叮咚的协助，还有威力强大的外星猎手装甲的安全防护，相信我们可以成功完成这次外星考察工作！”

达尔文听着他们欢呼雀跃的声音，他在每一个宇航员的身上都看到了迫不及待的表情，就连机器人宇航员都在努力做出仿人类的姿态。此刻的他们就像一群孩子，期待一趟超乎寻常的探险旅行，去探索新鲜未知的世界，面对宇宙，他们永远都充满了好奇。

“好吧，那我们下一步就飞向第五号行星，准备登陆这颗卫星，我将为你们调试‘好奇者号’多功能着陆器，准备好外星猎手装甲，就这样决定了。”达尔文说道。

“我们应该先给这颗星球起一个名字，大家建议起什么名字好？”于明说道。

“它有着迷人的粉红色，就像玫瑰的颜色一般温馨，看上去一点都不像达尔文老师描述的那么危险，我们就叫它玫瑰星吧！”琳达回答道。

“如果没有人表示异议，那我们就启用这个名字，希望这一次玫瑰星探险考察任务能够圆满成功。”

“达尔文老师，在我们休眠期间，星际联盟有什么新闻吗？”

“没有什么特别的消息，第三座用于吸取恒星能源的戴森球工程竣工，星盟又开发了五颗类地行星，新建了二十座超级太空城，宇宙真是太大了，可供人类使用的资源取之不尽，可供人类发展的空间用之不竭……”

“开饭了！开饭了！香喷喷的星际早餐！”

一个声音响起，一道门自动向两侧打开，朵蕾端着一个大餐盘走了进来，这是一个黑皮肤、卷发、古铜色面孔的美女，一袭类似于旗袍一样的紧身衣服，勾勒出她曼妙的身材。

“啊，朵蕾，这次你又为我们开发了什么新菜？”

“海豚星的泡泡鱼羹与大角鱼子酱，太岁星的太岁孢子饭和清蒸鹿角，请放心，这不是直接食用外星生物，而是我筛选外星生物的基因，在培养器中精心培育出来的。”

这些食物被放在于明和琳达的面前，红的粉红，绿的翠绿，白的嫩白，色香味俱全，令人垂涎欲滴。

“达尔文号”飞船里的食物永远不会匮乏。虽然这里没有农业种植，但通过光合机器，可以将碳、氢、氧、氮、硫、磷等元素合成蛋白质、淀粉、脂肪和糖，他们幸运地拥有朵蕾这个多面手，利用这些有机物质原材料加工出贴着星际生物标签，适合于人类味蕾的各种美味佳肴。

于明和琳达一边吃一边愉快地说话，大卫在补充营养液，机器人也开始加载能源。

他们浑然不觉飞船正运行在 C5896 星的光球层中，在以超重元素制造的飞船壳体之外，温度高达几千摄氏度，下方的恒星如此巨大，烈焰翻滚，肆虐喷发，他们就像漂流在一座无边无际的炽亮的海洋上。

超重元素来自中子星，每立方厘米重达百万吨，这使得“达尔文号”飞船的质量极其巨大，就像一座厚重的堡垒，即便在狂暴的太阳风吹拂中仍可以闲庭信步、稳重前行。

“达尔文号”飞船一边展开光效应能源板，高效率地吸收着恒星的能量，一边开启过滤场，从太阳风中捕捉和收集氦–3 元素，这是最安全的热核燃料，在热核反应中不释放中子辐射，它们将用于制造核能电池，在深空探索中，为探测器、着陆器、外星猎手装甲以及机器人提供动力。

2. 穿越雷暴层

“亲爱的达尔文老师，‘好奇者号’着陆器已做好准备，即将进入玫瑰星的大气层。”于明向“达尔文号”汇报着。

“好的，可以着陆，小心，这颗星球的大气运动非常剧烈，祝你们平安！”

此刻“达尔文号”宇宙飞船在外太空轨道围绕着玫瑰星运转，“好奇者号”着陆器与它分离，搭载着一众宇航员，即将奔赴一个陌生的新世界。

于明坐在最前端驾驶员的位置，掌控着这艘小型飞船。他身体前倾，紧握住操纵杆，面前的仪表光晕流转，反馈着飞船的运行状态，一排排按钮晶光闪烁，而在前方的雷达屏幕上则显示着对遥远深空的探测情况。

大卫就坐在他身边的副驾驶员位置，身体靠后，躺靠在座椅里。从线条英俊的金属面孔上，看不出他此刻任何的心情，但从他放松的肢体来看，他应该是非常悠闲的。有于明驾驶飞船，从来都不需要他行使副驾驶员的职责，可以看出他很放心。

就在他们的后方，琳达和朵蕾并排坐在监测席上。在她俩身前有五六个小屏幕，上面的波形或者数据在闪烁跳跃，一个个操作键排布得密密麻麻，那是生命遥感探测系统，看上去比于明的驾驶席还要复杂。

在她俩座椅后的空间里，有两个人形机器被牢牢地锁定在舱壁上，它们有 2.00 米高，和大力神外形相似，看上去也是全副武装，携带多种武器。那是凝聚星盟最高科技的外星猎手装甲，专门为人类宇航员设计的，分别属于于明和琳达。此刻头盔和躯体向两侧打开，随时等待宇航员进入和启动。

外星猎手装甲的功能类似于宇航服，可以保护宇航员安全地踏足异星或者漫步太空。但它们的功能不止是宇航服，同时也是武装机器人——当宇航员进入猎手装甲之后，机器人程序就会自行启动，变身为可供宇航员驾驶的机器人战士。

再往后走，穿过一道气密门，就到达了实验舱。这里虽然空间狭小但五脏俱全，固定和安置着各种精密的仪器。琳达是这里的主人，对于外星生物的实验研究将在这里进行。

在实验舱之后就是尾舱了，通过两道最严密的气密门与前舱隔绝。两个机器人宇航员在这里随时待命，小叮咚补足了能源，大力神也满载各种类型武器，在遇到紧急情况时它俩可以作为战斗单元，联手出击弹射出“好奇者号”着陆器。

于明启动了飞船的全息视窗系统，前后上下左右的舱壁立刻变成完全透明了，这让他们好像悬浮在太空中。此刻在他们的周围，映现出一幅美轮美奂的天体景象。

这是一个行星系统。

一侧的那颗气态行星体积巨大，占据了八分之一的星空，反射着遥远的恒星之光。

它的表面浓墨重彩，一条条金黄色、红褐色的条纹平行排列，明暗交错，就像巨大的河流和山脉。一个个大大小小的旋涡出现在它们相互纠缠的交界之处，旋涡的中心处黑洞洞的，看起来那么有立体感，给人感觉深不可测。而雪白色的星环，环绕着这颗巨大的行星，就像一排整洁的跑道，延伸到无限远处，整个场面宏伟壮观、令人震撼。

就在“好奇者号”正对的方向也是一颗星球，因为近在眼前，所以显得更为巨大，整整占满了一面星空。或许因为在它的大气层中布满冰晶微粒的缘故，让它在反射恒星之光时呈现出一种迷人的粉红色，给人感觉非常罗曼蒂克，一点也不像达尔文所警示的那样恐怖。

“这颗星球真的很美，玫瑰星，希望这是一次浪漫之旅。”琳达赞美道。

“大家系好安全带！我们就要进入这颗星球的大气层了！”于明大声提醒道。

“好奇者号”调整姿态，它的外形就像一根闪亮的银针，向着那颗粉红色的巨大气球扎去。

“好奇者号”以第一宇宙速度冲进了玫瑰星的逸散层。

这是星球大气的最外层，也是宇宙飞船着陆过程中最危险的阶段，这里充满着高速运动的电离气体分子，与“好奇者号”发生剧烈摩擦。此刻飞船外壳的温度立刻上升到3000摄氏度，从外部看去，“好奇者号”着陆器就像被一个燃烧的大火球包围。

“好奇者号”飞船在剧烈地震动，在飞船的全息视窗之上到处都是剧烈的爆炸和闪光，高速运动的电离气体分子轰击着飞船的钛金属外壳，产生极度的高温，烘烤着“好奇者号”。即便飞船的隔热层性能极为良好，飞船里的温度也开始上升。

“我感到空气正在变热，”琳达说道。

“不要紧，飞船正在减速，我们很快就会穿越这个区域。”于明安慰道。

时间一秒一秒地过去，这十几分钟的煎熬就像一个世纪一样漫长，飞船终于摆脱了电离气体的轰击。包围它的那团大火球消失了，速度降了下来，振动减轻了，温度也不再上升。

“报告达尔文，我们已经平安通过逸散层，即将穿越中间暖层，现在我们又可以交流了。”于明再次与“达尔文号”通信。

“祝贺你们！好的，保持交流，提高警惕。请注意你们将面临真正的危险，我认为在这颗星球的大气中下层你们将遇到真正的麻烦。”达尔文回复道。

玫瑰星有着异常浓密的大气层，由于物理规律在各处都是相同的，它也有着类地行星通有的大气层结构。中间暖层由于大气接受恒星的光热辐射，温度比较高，厚度有几十千米，“好奇者号”正在穿越它。

于明启动了空气发动机，“好奇者号”向两侧伸出双翼，一路倾斜向下飞行，下方是茫茫无际的粉红色云海。而此刻在他们周围，因为空气中富含水蒸气和冰晶，透过全息视窗望出去，到处都闪烁着橘红色的明亮光芒。

“大气成分主要由氮气、水蒸气、二氧化碳、硫酸和氧气构成，其中氮气占 33%，水蒸气占 21%，氧气占 16%，二氧化碳占 15%，硫酸占 12%，剩余 3% 为其他气体元素，这种空气由于含有强酸，导致人类无法直接呼吸。”朵蕾汇报着初步的大气检测结果。

“好奇者号”正在平稳滑翔，突然开始剧烈颠簸，就像挨了一个巨人重重的一棒，被打得旋转起来，完全失去了平衡，在空中翻滚起来。

“我们遇到了超级强风！大家不要惊慌！”于明大声喊道。

“好奇者号”只是一艘小型飞船，即便他的驾驶技术高超，面对这种大自然的力量，也是无能为力的。宇航员们被安全带固定在座椅上，随着飞船翻着跟头，天旋地转。

这是云层顶端的强风，快速转动的外围大气，以平行的方向运动，几乎达到每小时 1000 千米。“好奇者号”在狂风怒吼中就像一片树叶，毫无抵抗力，飘飘荡荡回旋着下落，终于坠入那茫茫的云海之中。

风速减弱了，“好奇者号”重新回到于明的掌控之中。他调整飞船的运行姿态，在浓密的大气中继续滑翔飞行。在他的下方浓云密布，一道道亮光从那里放射出来。

“报告达尔文，我们通过了平流层的强风区，现在进入了对流层。”于明和达尔文通信。

“太好了，祝贺你们！但雷暴区才是最危险的，通过那里你们就可以平安着陆了！”

“闪电！闪电！我们被击中了！”

达尔文的话音刚落，旋即一声霹雳巨响，飞船里发出惊呼的声音。

2. 穿越雷暴层

于明、大卫和琳达虽然是久经考验的宇航员，但紧张恐惧毕竟是人类的本能，也是人性中自我保护的一部分。机器人宇航员无所畏惧，此刻进入了高度戒备的状态。

他们被眼前的景象震撼了！

就在全息视窗之外，狂风再度肆虐，几千片粉红色的云在翻滚奔腾，夹杂着巨大的雪花和冰雹，仿佛有无数个巨人在相互厮杀，带领千军万马的兵团展开搏斗。

云团在狂风中摩擦碰撞，大气疯狂地释放能量，一道道闪电明亮刺目，从那些高速奔涌的粉红色雾气中钻出来，就像粗壮茂密的树枝割裂天空，在他们的上下左右编织出密密麻麻的电光之网。

这是闪电的王国，“好奇者号”的探测器在一瞬间记录了 1000 多道闪光！

这些云团巨人仿佛发现了“好奇者号”，它们对异星客人一点都不客气，无数道闪电就像无数把长矛一起投掷击中“好奇者号”。

“天啊！我们成为雷神的靶子了！”琳达发出了惊声尖叫。

“好奇者号”的钛金属外壳是电的良好导体，吸引了天空中诸多的闪电，让它集万千闪电于一身，在这一刻成为天空舞台上电光汇聚的中心。

因为这颗星球大气成分的特殊性，这里的闪电不是几秒一闪即过，而是像一端连着发电机，一端连续放电的电弧，每一道闪光都持续闪耀数十分钟，仿佛挂在空中，将全部能量倾泻在“好奇者号”上。

即便“好奇者号”装备先进，面对如此狂暴的大自然力量的破坏，也无法承受了！

飞船里到处是炸雷轰鸣的巨响，就像有几百个巨人同时拿着大锤在敲打，在飞船里，屏幕上、仪器上、舱壁上，到处是电火花噼噼啪啪，于明和琳达止不住地战栗，因为他们的身体正在通过强电流，就连大卫和朵蕾，身体也在控制不住地晃动。

突然间飞船旋转起来，失去平衡，在闪电交织电光汇聚的天空中打滚。

“呼叫达尔文！我们的飞船失去了动力，被闪电击坏了！反引力着陆系统不能启动！”于明喊道。

可是通信中断，达尔文没有回答。

“好奇者号”就像被猎枪击中的从空中坠落的鸟儿，在翻滚中快速地往下掉。

“朵蕾！我们距离地面还有多少千米？”于明焦急地问道。

“还有一千米！”遥感探测器还在工作，测量和监控着与大地冰层的距离。

“来不及了！我们必须立刻恢复飞行姿态，否则会发生坠毁，“好奇者号”将在玫瑰星的冰盖上摔得粉碎！”

“怎么办？千万不要坠毁！”琳达喊道。

“不要怕不要慌，还有我在！大力神请求出舱！我可以为飞船提供替代动力！”一个轰鸣的声音通过扩音器在船舱里响起。

“好的！大力神！你要多加小心！”

大力神机器人经尾舱被弹射出去，它立刻启动功率强大的火箭发动机，在空中高速飞行，追上“好奇者号”，以双臂托举着这艘小型飞船，马力全开，拼命矫正它的姿态。

“好奇者号”终于不再翻滚了，大力神托举着它向前飞行。

“谢谢你，大力神！”于明惊喜地喊道。

“好奇者号”脱离了雷暴区，全息视窗外的电闪雷鸣没有了。越接近星球表面，大气就变得愈稠密。因为大气压升高，空气运动阻力增大，风速也开始慢了下来。

然而飞船依然剧烈晃动，它被闪电击坏了，无法恢复平衡和重启飞行。

宇航员们被固定在座椅上，于明习惯性地握紧驾驶杆，尽管那东西一点作用都没有。他手心紧张得冒汗。最重要的反引力引擎失灵，即便有大力神的帮助，也不能保证“好奇者号”不会在着陆时与大地发生高速碰撞。

他紧盯着仪表反馈的数据，当到达一个高度时，他果断出手，按下一个按钮。

一个减速伞高速弹射出去，体积飞速变大，大到超过“好奇者号”体积的十几倍。减速伞由高强度纤维编织而成，非常结实，即便承受巨大力量的冲击，它也不会破碎或者断裂。

“大力神！我们开始着陆了！”于明喊道。

在减速伞的作用下，“好奇者号”的下坠速度迅速变慢。尽管有大力神的托举，在落地的那一刹那，飞船船体还是剧烈一震，让人紧张得心都要从嗓子眼蹦出来。

“飞船平安着陆！太不容易了！再次感谢你，大力神！”

于明的喜悦与激动之情无法言表，如果不是被安全带束缚在驾驶位，他一定会跳起来与身边的大卫击掌庆祝。

“呼叫达尔文，我们已经成功降落！”不管达尔文是否能听到，于明都例行汇报着。

“哈哈哈，我们到达地面了！”朵蕾就像一个真正的人类一样表达着喜悦。

“我想出去走一走，成为第一个踏上这颗星球的地球人！”琳达兴奋地说道。

她和于明进入了外星猎手装甲，这架机器自动合拢，系统激活启动，他俩变身为和大力神一样高大的机器人。大卫则带上黑色防护眼罩，作为一个金属身体的复合机械人，眼睛是他全身唯一脆弱的部位。

飞船交由朵蕾掌控。他们穿过双层气闸门，经过尾舱走出飞船，身后拖着长长的安全带。

当他们脚踏大地时，眼前呈现出一个玫瑰色的世界，玫瑰色的暗红天空。

几万米厚的云团屏蔽了恒星之光，笼罩出永恒的暮色，大气剧烈地摩擦，成百上千道闪电在黑暗的天幕上竞相闪耀，就像一簇簇永不停息的焰火。他们才领略了它们的恐怖和惊心动魄，然而此刻看上去却是那样的美好和神秘！

大风刮过，将地上的雪吹得干干净净，露出锃亮的冰层，就像是一面镜子，反射着闪电之光，辉映着玫瑰色的暗红天空，澄澈而透明，一直延伸到千万里之外。

眼前的世界如此浪漫而唯美，唯一令人遗憾的是，这里没有生命。

尽管他们想象天边会出现一队猛犸象，或者其他什么生物，然而凝望许久，那里什么都没有出现。

面对这瑰丽的风景，琳达跪了下来，低下了头，于明也陪着她下跪，大卫站在他们的身后。

大力神和小叮咚看着两位人类宇航员，不明白他们为何要跪倒在大地上。

3. 路遇神秘冰蛇

在闪电交织的玫瑰色天空上，飘起了雪花。雪越下越大，纷纷扬扬，铺天盖地。

在这颗低重力星球上，大气中富含水蒸气和冰晶，凝结出的雪花也十分巨大，每一片都大如手掌。无数朵晶莹剔透的六角冰凌花随风飞舞，袅袅娜娜地飘落在大地上。

“琳达，我们该回去了，大卫在等着我们。”当转过一个山脚时，于明说道。

此刻有两架高大的人形机器，顶着风雪，走在冰冻的山峦之间，从它们的头顶射出两道强光，照亮了昏暗中前行的方向。

“好的，我已经采集了足够多的地质样本。在这些永久封冻的冰块中，貌似连一个休眠的微生物都没有。我想，继续搜索下去也不会有任何有价值的发现。”

3. 路遇神秘冰蛇

于明和琳达驱动外星猎手机器人，迈着坚实的步子往回走。这种机械装甲功能强大，专门为在各种恶劣复杂的外星环境中行走而设计，机械四肢使用起来和自己的手脚一样灵活。

或许这颗星球的表面，原本有着陡峭的高山和崎岖的丘陵，但亿万年的大风与暴雪，磨平了它的棱角，填满了它的沟壑，让它的表面变得相对平缓。因此，他们走起路来并不困难。

大雪还在下着，眼前的世界寂静、肃穆，毫无生气，将一份不可名状的孤独感投射进这些天外来客的心灵，让他们流落在这样的异星世界，内心升起无边的压抑。

走下一片高地，前方有几束明亮的探照灯灯光刺破了昏暗的天空，照亮飘落的大雪，在这片暗红色的异星世界里摇曳着，为他们指引归去的方向。

看到这明亮的灯光，于明和琳达的心中又充满了生机，升起了希望！

“你们回来的正是时候，我们刚刚修好了‘好奇者号’，正在将它调整为地行器的模式，调整好我们就向冰下海洋出发！”大卫站在“好奇者号”旁，以合成器的磁性声音说道，完全不顾雪花落满了他的金属身躯。

“好奇者号”的外形发生了很大的变化，双翼和尾翼都已收起，大力神和小叮咚都在忙碌着。原本圆锥形的前端，此刻被大力神安装上一个巨型钻头，那个钻头的直径大得夸张，比“好奇者号”的直径还要大，小叮咚正在帮助它调试机器。

“好奇者号”的操作系统已经完全恢复，前后数盏探照灯刺破茫茫雪夜，宣泄着充沛的能量，将灯光照射到极远处。巨型钻头开始转动，发出巨大的轰鸣声，响彻这寂静昏暗的外星世界。

“机器调试完毕，运转一切正常。”小叮咚的清脆声音，通过心电感应在他们心里响起。

“好吧，我们出发吧，祝我们一路顺风！”

全体宇航员登上了“好奇者号”，这架机器调整姿态，倾斜向下，扎入了冰层中。核反应堆提供的动力强劲，驱动前端巨型钻头高速旋转，牵引“好奇者号”切割开冰层向下驶去。

宇航员们将乘坐“好奇者号”穿越厚达千米的冰盖，去考察那坚冰覆盖之下的神秘海洋，那里依然是生命的荒野。是什么都没有，还是有什么神秘的东西正在等待他们?

“好奇者号”着陆器是一架小型的多功能载人机器，它的外壳以钛金属制造，轻巧而坚固，外表面上镶嵌着数百只传感器，将外部的光线信息传回“好奇者号”的内部，与雷达的探测结果相结合，经过计算机处理后重新生成影像，映现在覆盖所有舱壁的全息视窗之上，这样从“好奇者号”的内部看出去，舱壁就像是完全透明的了。

透过全息视窗观察周围的环境，要比直接用人类肉眼所见的更为清晰。因为雷达波探测具有透视能力，可以穿透一般的障碍物，这样就使得一些人眼不能看见的景象，在全息视窗上都能清晰地显现。

此刻“好奇者号”越走越深，进入了一个地下冰宫的世界。

在全息视窗之外，明亮的探照灯灯光穿透了千年冰层，在透明的冰块中传播到极远处。无穷无尽的光点闪闪烁烁，汇聚成一座灿烂的星海。随着“好奇者号”的运动，光线缤纷流转，就像大自然在为异星客人奏响神秘的交响乐，闪亮的光之海波光荡漾，场景瑰丽壮观。

“感谢伟大的造物主！你创造的美遍布整个宇宙！”大卫不禁发出一句赞叹。

于明看了身旁的大卫一眼，这深埋在地下的感觉，想一想都让他感到窒息。但大卫的神经仿佛是铁打的，从他那一双深邃的灰色眼眸中看不出一丝一毫的担心，他靠坐在副驾驶席上的放松体态，只透漏出他内心的轻松愉悦。

“大卫老兄，你信仰的造物主究竟在哪里？它在宇宙中是否真实存在？”

于明受到他情绪的传染，心情也变得轻松，和他闲聊起来。

“于明老弟，你难道没有想过，人类信仰了一万多年的造物主，那个从天上来的神，原本应该是一种外星文明，曾经驾驶飞船光临地球，所以才启发古人产生宗教崇拜吗？”

“或许是这样吧，但即便真的是如此，那也是很早很早以前的事情了。我知道你遨游宇宙的目的是寻找造物主，如今地球对于我们来说都已是教科书中的古老记忆，我不明白史书中古老的造物主，对于今天遨游宇宙的我们还有什么意义呢？”

“于明老弟，造物主不是一般的星际文明。你想象一下，如果有一种宇宙文明，穿越宇宙演化的循环周期发展了亿亿年，它们的科技出神入化、登峰造极，可以控制银河系级的能源，甚至影响宇宙的演化发展。这样的神级文明，是不是值得我们崇拜、寻找和研究？”

“大卫老兄，这不符合科学常识，宇宙大爆炸毁灭了所有上古宇宙的信息，没有一种星际文明可以穿越宇宙的循环周期幸存下来，你怎样证明它是真实存在的？况且即便真有这样一个顶级文明，宇宙如此之大，它在哪里？我们又怎么找到它呢？”

“造物主文明是宇宙中最大的谜团。我年轻的时候，作为星盟的宇航员，曾接触过守护者。它们属于造物主文明，守护每一个孕育生命的星球。而在银河系中有很多种高等外星文明，都不约而同地派出飞船，在银河系以及整个宇宙中寻找这个顶级智慧……”

于明的心中突然一凛，很多的疑问涌上心头，他重新审视这个坐在身边的复合式机械人。但从他硬朗冷峻的金属面孔上，看不出任何令人怀疑的表情。

星盟派他登上“达尔文号”是否另有任务？为何星盟急于制订银河星图计划，派出很多艘宇宙飞船考察银河系？是否也在觊觎那个顶级星际文明？考察每一颗生命星球是否也有寻找守护者的意图？除了大卫自己，这些或许只有达尔文最清楚了。

大卫仿佛没有看到他异样的眼光，依然轻松地看着全息视窗外的风景。

探照灯的强光在千年冰川的世界里反复映射，幻化出万千细碎的光点，如梦如幻，荡漾起伏，就像满世界的繁星、满宇宙的星系都围绕在他们的周围，仿佛触手可及、伸手可摘。

仅仅在银河系中就有 2000 多亿颗恒星，在几百亿年的漫长时光里，在数十万光年的巨大跨度中，不知道有多少种生命曾经孕育和演化，又有多少种文明业已消亡。

早在地球人还未出现之前，不知道已经有多少种智慧生命驾驶飞船在宇宙里遨游了！然而真的会有一种宇宙文明发展到造物主的高度，成为宇宙命运的主宰吗?

这颗星球的冰盖厚达千米，“好奇者号”的钻头切割开冰层，牵引着陆器一路向下驶去。随着时间一点点流逝，飞船外变幻的光线以及飞船内嗡嗡的破冰声音，都起到了催眠的作用，宇航员们停止了交谈，他们感到昏昏欲睡，飞船里变得安静了。

他们没有注意到，飞船外冰层的颜色正在悄悄发生变化——从原先的无色透明，逐渐变成了浅黄色。在探照灯灯光的辉映之中，显得那样的温暖。

“冰层中硫化物的含量明显增高，我们有可能距离冰下的世界很近了。”朵蕾的声音打破了寂静，惊醒了众人。从外部传感器返回的数据反馈着周围环境发生着变化，硫化物含量增多可以解释为何冰层颜色从无色透明变成了浅黄色。

“我的第六感告诉我，有一种生物正在窥视我们。”大卫说道，从他灰色的眼眸中射出警觉的目光。

“观察到周围存在生命的迹象！我们的生命探测器发出了警报！”朵蕾高声汇报道，以物理性的探测结果验证了大卫的第六感。

于明瞪大眼睛，在全息视窗上搜索，却什么也没有发现。冰层的颜色越来越深，只有黄澄澄的光从远方的冰层反射回来……

“你们看到了吗？那边似乎有一个活动的东西！”朵蕾的目光更为锐利，她第一个发现。

在全息视窗之外，视野异常广阔。很多人类肉眼看不见的东西，都会在全息视窗上显现。在很遥远的地方，冰层的深处，果然有一个影子，隐隐约约，它好像是在运动着……

似乎受到探照灯灯光的吸引，它向这个方向游来，移动速度飞快……

“天啊，难道那是一种生物？这怎么可能？因为这里的冰层异常坚硬，除非它也有像‘好奇者号’一样的钻头，可以切割开这坚硬的冰块！”琳达用不可思议的语气表达着她的质疑。

“它在向‘好奇者号’游来，我们停下来观察一下吧！”

在于明的操作下，钻头停止了切割，“好奇者号”减慢速度，在冰层中停止下来。

那个东西越游越近，很快众人都可以看清了。

它全身都披着金灿灿的鳞甲，和周围环境的颜色很是搭配，外形像一条水蛇，长着六角形膨大的头颅，上面有很多分叉，就像顶着一个花冠。

当它快速游到“好奇者号”的跟前时，宇航员进一步看清楚它的动作，从它头顶的花冠喷射出细密的黑雾，坚硬的冰层遇到这种黑雾就迅速软化崩解，远比遇到热水融化的速度还要快！它就是依靠这种方式在坚冰中穿行的。

“我懂了，这是一种外星冰虫！”琳达恍然大悟，作为生物学家，她见多识广，“在古老的地球上，就存在这种生命种类，古老的冰虫在南北极或者高山冰川里生活，以吐出化学物质融冰的方式在坚冰中穿行，不过从来没有一种冰虫可以进化得这样强悍、这样发达，难道因为这里有着不一般的硫化环境？”

“呼叫达尔文！我是于明，果然不出您所料，在玫瑰星我们发现了新型生物，现在向您传送我们的发现！”于明很激动，终于发现了生命！他通过量子通信激动地呼叫“达尔文号”。

“好的，继续观察，达尔文收到！”

他几乎立刻收到达尔文的回复，即便隔着一千米厚的冰盖，隔着狂暴的大风、黑云和闪电，也不能阻断量子通信这种最先进、最及时的通信方式。

这个披挂着一身金灿灿鳞甲的生物也停了下来，顶着花冠，一动不动，就这样与“好奇者号”对峙着。它貌似没有眼睛，但很可能发展出其他更敏锐的感觉器官，可以感知周围环境。此刻它似乎也和人类一样极度好奇，在打量着这个闯入它们家园的不速之客。

“这种生物很不一般，我非常想知道，它喷射的黑雾有什么化学成分，是怎样融化坚冰的。”大卫说道，他英俊的金属面孔朝向这只外星生物，那一双深邃的灰色眼睛紧盯着它。

“大卫老兄，关于它唾液的秘密，这个答案很好找，让我来捕捉它，只要得到它一点点的生理组织，获取它的DNA，它身上的所有秘密，我们就可以研究明白啦！”

“于明，你要当心，我感应到它对我们怀有敌意！”小叮咚提醒道，尽管中间隔着一个实验舱，它仍然可以用思维波和宇航员无障碍地交流。

“好的，我保证不会吓跑它！”于明并未理会小叮咚的警告。

作为一个星际猎手，他捕捉过数千种外星生物，提取它们的DNA做彻底的研究。“好奇者号”是一艘先进的外星着陆器，虽然外形小巧，但有着坚固的钛金属装甲。一条外星怪蛇有什么好怕？又能奈“好奇者号”如何？

他首先降低了探照灯的光度，然后打开一侧船体，伸出一对机械臂。他小心翼翼地操作机械臂，掏空这只生物周围的冰层，拉开捕猎网……

这只外星生物对“好奇者号”的动作视而不见，依然昂首挺立，一点也没有转头逃跑的意思。

“哈哈哈，我抓到它了！”捕猎网突然合拢，于明大笑，一击得手非常得意。

只见那条怪蛇，面对突然的袭击，没有了高傲的气场，而是像一只被吓坏的野兽，身体蜷曲在捕猎网中，上下翻滚，拼命挣扎。

“我们的仪器检测到了声波，它发出了声音，声音急促，很明显它非常愤怒。”

于明可不管它是否愤怒，正当他操作机械臂欲将捕猎网收回“好奇者号”时，令人不可思议的一幕突然出现了。

那条怪蛇不知道从哪里钻出来了！再看一眼捕猎网，上面破了一个大洞。

那条怪蛇继续喷射着黑雾，向捕猎网发泄着它的愤怒。以合金钢钢丝编织的捕猎网，在它喷射黑雾的作用之下，就像遇到比王水还强的腐蚀剂，迅速发黑萎缩，钢丝摧枯拉朽般地变形，转瞬间就被那黑雾给融化了。

“它喷射出的是强酸，”于明这才醒悟道。

“好奇者号”的行为激怒了它，它消融了捕猎网之后，向“好奇者号”冲来，于明立刻操纵一对机械臂，挡住它的来路。然而以坚固金属制造的机械臂，遇到这条外星怪蛇喷射的黑雾，竟然也像那张捕猎网一样，迅速变形、发黑融化！

“真是太不可思议了！”于明大睁双眼，目瞪口呆，那一对残损的机械臂在半空中悬着，他都忘记了将它收回来。

“它的威力不是一般的强大！”大卫紧盯着那条怪蛇，即便他是见多识广的老宇航员，从他的目光中也流露出了惊奇。

突然一块全息视窗屏幕熄灭了，那一处舱壁变成了银白色，那条怪蛇从图像上消失了。

“它正在进攻‘好奇者号’，破坏了飞船外的传感器。”不用朵蕾解释全息视屏熄灭的原因，其他人也都猜到了。

“于明，我们赶快离开这里吧！这样下去它会毁坏我们的飞船！”琳达有些担心。

“我们逃跑已经来不及，它的游动速度比‘好奇者号’的破冰速度要快！”

于明的额头急出了冷汗。尽管飞船的钛金属外壳可耐强酸腐蚀，但他不知道是否能抵挡这条外星怪蛇喷射的神秘黑雾。退一步讲，如果传感器挨个都被它腐蚀破坏，那么“好奇者号”也将变成瞎子和聋子。

“不要急，不要慌！有我在！大力神请求出舱来对付它！”一个斩钉截铁的声音在舱室里轰鸣着。

“我和你一起出舱去面对！”小叮咚也临危请命。

“好的，它的喷射物腐蚀力超强，你俩一定要多加小心！”

说时迟那时快，小叮咚和大力神已经出现在“好奇者号”之外，在全息视屏上出现了一个高大一个矮小的两个形象。

小叮咚打开了视觉分享，与“好奇者号”的计算机系统建立了连接，宇航员们透过小叮咚的眼睛，看到那条外星怪蛇正在进攻飞船伸出机械臂的那一部位。那里没有钛金属装甲的保护，正是飞船外壳最薄弱的部分，他们看到金属正在融化，如果被它腐蚀破坏，后果将不堪设想。

“它距离‘好奇者号’太近了！我不能使用武器！”在无线通信中大力神的声音传回来。它左手擎着炽亮的脉冲激光刀，右手举起导弹发射器，因为害怕伤及“好奇者号”，它不敢做任何进攻的动作。

“凡是生物都有弱点，让我用思维波来对付它，让它尝尝做噩梦的滋味！”

小叮咚从身后迅速靠近这条外星怪蛇，它伸开双手，双目圆睁，就像要拥抱这条怪蛇一般。透明身体内的光圈高速旋转，如同一台机器进入了高速运行状态。

只见它光芒迸发，在它的身体上突然幻化出一条巨蛇形象，要比那条外星怪蛇大几倍，也是金灿灿的鳞甲，头顶花冠，张开大嘴和毒牙，就像要吞噬那条外星怪蛇。

那条外星怪蛇好像听到了召唤，停止了对“好奇者号”的进攻，转身面向小叮咚。它好像被这个景象惊呆了，停止了喷射动作，保持昂头姿势，与小叮咚幻化出的巨蛇对峙着，僵立在那里一动不动。

残损的机械臂从高处斩落下来，从它的身体上划过，切割下了一小块，在于明的操作下收回飞船内，那一处打开的船体也迅速关闭。

“小叮咚，可以放开它了，我们已经取得了它的DNA组织！”

“好的！”小叮咚放开了双手。

那条怪蛇摆脱了精神控制，像是突然惊醒了，它似乎害怕眼前这个比它更强大的对手，只见它愣了一下之后，转身就逃。

“成功了！谢谢你小叮咚！”于明说道。

“报告大家一个坏消息，我们陷入了包围，周围出现了很多这种外星生物，数量估计有几千条。”朵蕾高声汇报道。

不需要生命探测器，在发散的探照灯灯光下，在淡黄色的冰层里，那些披挂着金灿灿鳞甲的怪蛇密密麻麻，正在从四面八方向这个方向游来，在全息视窗上看得非常清晰。

“我们要离开这里了，大力神和小叮咚你们做掩护！”

于明重新启动钻头，驱动“好奇者号”前进。现在他有仓皇逃跑的感觉，虽然“好奇者号”有着坚固的钛金属外壳，可以抵御强酸甚至王水的腐蚀，但如果同时遭遇几千条这种生物强酸唾液的喷射，能不能自保就不好说了。

大力神断后，火力全开。它开动了激光枪，一束束激光穿越透明的冰层，击中一条条怪蛇。它们被激光击中后燃烧起来，就像一簇簇爆燃的火炬，让这个水晶世界里到处都是熊熊火光。

以核反应堆驱动的“好奇者号”动力强劲，就像一支离弦的箭高速飞奔。然而前方冰层里的这种怪蛇实在是太多了，它们拦截“好奇者号”，迎头向它喷射腐蚀黑雾，一个又一个传感器被破坏，一块又一块全息视屏熄灭了。

“我们就要穿透冰盖了！马上就会摆脱这群怪蛇！”

于明故作镇定，安抚着同船的伙伴。但他心里非常着急，冰下海洋似乎可望而不可即，他不知道“好奇者号”还要在这冰层中行驶多久。

“不要急，不要慌！我来发射电磁穿甲弹震裂冰层？”大力神请示道，它在“好奇者号”之外，对周围环境观察得更为清楚。

“好主意！快干吧！”于明立刻回答。

只见冰层的远处瞬间闪光，那里发生了大爆炸，引发连锁反应，就像发生了大雪崩，整片冰层都坍塌了！“好奇者号”随着冰块掉了下去，包围它的怪蛇也随着冰块掉入水中。

前方的钻头突然变得毫无阻力了，透过残存的全息视窗屏幕，可以看到周围的环境发生了变化，在明亮的探照灯灯光中，不再是晶亮的冰，而是黄澄澄的水，那种喷射腐蚀黑雾的怪蛇沉入水中，一条也不见了。

“我们穿透了玫瑰星的冰盖！来到了冰下海洋！”琳达兴奋地说道。

“终于摆脱了那些可怕的生物！”于明吁了一口气，“幸好有小叮咚，我们取得了它的身体组织，可以提取DNA，带回‘达尔文号’飞船好好研究。”

“我们检测到了很多种声波。”朵蕾一直坚守着生命探测器。

“什么？现在放大播放一下。”难道周围又出现了怪蛇？或者是比怪蛇更为可怕的生物？

“好的，声音非常复杂，从次声波到超声波的各波段都有，我将它们分离开，转换成人类可以听到的声音。”

首先出现的声音像是雷声轰鸣，一阵阵连绵不绝，苍劲而雄浑，那应该是大自然的力量。仿佛大地在剧烈地摇晃，火山在猛烈地喷发，地壳大裂缝在撕裂。

然后是一些嘈杂的声音，有的沉闷，有的尖锐，有的像牛叫，有的像蝉鸣，各种各样的声音都有，忽远忽近，抑扬顿挫，此起彼伏，犹如炎热夏天夜晚的大草原。

“这片冰下海洋的地质活动很剧烈，有一部分声音来自地壳运动，有一部分声音来自生物。”琳达仔细倾听着，开口说道，她的面孔因为专注而显得更美丽。

“在这片冰下海洋里有异常活跃的生物群落，从声音频率的角度，我判断部分生物的体量可能达到鲸鱼的级别，远远大过‘好奇者号’，不排除它们具有极强的攻击性，我们在这里活动要分外小心。”

“太好了，生物的种类越多，机会就越大，我想我们很可能不虚此行！”大卫的声音中透出异常的兴奋，于明看到一丝狡黠神秘的光从他灰色的眼眸中一闪而过。

4. 云水母和大海蛇

亿万年来，这一片海水第一次被炽白的探照灯照亮。

在一束明亮光锥的笼罩之中，无数圆球形、三角形、菱形的小生物飘过，有的圆润透明，有的色彩艳丽。它们从容不迫地游动着，在明亮的光线中恰似闲庭信步，似乎从来不懂得什么是惊慌。

而在光锥投射的海底，盛放着一簇簇“花朵”。那是某种深海生物，一端深深扎在海底的淤泥中，一端向上扬起五光十色的触手。红色的、黄色的、白色的、紫色的，它们似乎为这束光等待了很久，终于等到登台演出，现在拼命扭动蛇一样长长的花茎，举着花朵挥来挥去，用热情的欢呼来欢迎这些星外来客。

于明和大卫更换了“好奇者号”被外星怪蛇损毁的传感器，雷达和声波穿透海水，结合众多灵敏的传感器，通过计算机的数据处理，将深海的景象清晰映现在全息视窗之上。“好奇者号”已转换为潜水艇模式，像一条大鱼在海底遨游。

在人类宇航员吃过一顿有机物循环机制造的简易工作餐后，朵蕾掌控“好奇者号”，于明和琳达进入外星猎手装甲，大卫带上眼罩保护眼睛，他们离开“好奇者号”，来到这一大片奇妙的生物群落之间，采样和收集 DNA 标本，大力神和小叮咚在他们的周围巡游和警戒。

外星猎手装甲极其坚固，汇聚了星盟的最高科技，它是专门针对各种外星球恶劣环境而设计的，可以抵抗这里高达 30MPa 的深水压力。

它不只是一套功能先进的宇航服，还拥有独立的雷达系统，其功能可以媲美小型宇宙飞船。同时它也是可以人工驾驶的武装机器人，以核能电池驱动，搭载各种防卫武器，其功能不亚于大力神，在危险的外星环境中为宇航员提供足够的安全防护。

于明游在海底的一大片“花朵”之间，没用多久他就大致搞清楚了。

这里的深海生物介于植物和动物之间，结构类似于古老地球上的管状蠕虫。它们把根部深深扎在海底淤泥之中，吸收火山喷发沉积的能量物质。长长的管状茎一簇簇立在水中，飘摇在顶部的花朵状触手，用来捕捉浮游生物或其他有营养的残渣。

他用机械手去触碰一片“花瓣”，那“花朵”非常敏感，立刻就闭合了，从原本鲜艳的橘红色变成暗淡的黄褐色，很快连同“花茎”一起缩到地下的淤泥中。

“啊！我被咬住了！”

正在他观察之际，耳机里突然传来了琳达的惊呼。

“你怎么了？”

于明心中一惊，琳达就在不远处，他迅速向她游去。

只见一朵不一样的“花”紧紧含住了琳达的机械手指，那朵“花”是其他“花朵”的几倍大，在光照下呈现明亮的红色，就像一朵鲜艳的玫瑰。那“花瓣”痉挛般扭动着，仿佛婴儿的小嘴，正在拼命努力地吮吸着。

于明驱动外星猎手装甲，用机械手捏住它的“花茎”，并逐渐加大力度。这招“围魏救赵”果然管用，那朵“大花”张开了嘴，将琳达的机械手指吐了出来。

“啊！我得救了！谢谢你，于明。”

琳达的声音非常轻松，其实她只是开个玩笑，想试试于明是否关心自己，看到于明对自己如此关切，她的内心又羞涩又甜蜜，变得就像少女一样。

她主动拉起于明的手，在“好奇者号”投射的明亮光锥中，在一片片外星深海飘摇的“花丛”之上，两个人肩并肩地结伴漂游。

宇宙如此空旷寂寞，让心灵感到如此的孤单，幸好他们还有彼此可以相知相伴。

“这种生物的消化能力好强啊！怪不得仅仅依靠分解地壳喷发出的硫化物，它们就可以生存得这样好。”琳达说道。他俩的头靠在一起，研究着一株外星生物。

“嗯，我想正因为吸取了大量的矿物质，它们的颜色才会这样艳丽。”

“它们的外形很美，就像葵花一样，舒展开硕大的花瓣，而且可以跟随我们的光线转动，我们就叫它们海葵花吧！”琳达说。

这里确实是大自然创造的奇迹。

在宇宙中海洋热液生物并不鲜见，包括在古老的地球，在深深的海底，在地壳大裂缝之间，也蠕动着巨大的泥虫，向上伸展花朵般艳丽的触手。但很少有哪颗星球的热液生物能像这里演化得如此种类丰富，如此丰繁茂盛。

他们肩并肩地在这原始海洋里畅游，一丛丛一簇簇艳丽的海葵花在他们的身下绽放。这个世界如此神秘，有佳人在侧，于明希望这样的相伴遨游可以一直到永远……

“那边有一座火山，我们应该去看一看，或许会有新的发现呢。”大卫的声音在耳机里响起。

他带着酷酷的黑色眼罩，此刻游在一束探照灯的光锥之中，闪亮的金属身躯更显健美。作为一个机械式复合人，他的金属身体也由功率强大的核能电池驱动，不像外星猎手装甲那样庞大笨重，所以他的动作要比于明和琳达更为敏捷。

“警报！附近有巨大的生物群体出现！人类宇航员快快回到‘好奇者号’！”

正当他们要向远处游去的时候，耳机里突然传来朵蕾急促的声音。

“好奇者号”射出一道光，指向斜上方，就在那一片区域，一些硕大无朋的生物在探照灯灯光的扫射中出现了。

那里究竟是一群什么东西?

在明亮的探照灯灯光的远射中，它们呈一团团的棉絮状，白色而巨大。前后有十几个，就像天空飘过的白云，或者一连串巨大的灯笼。当灯光离开之后，它们的身体依然发出淡淡的荧光。

它们似乎并无视力，对灯光的照射毫无反应，或者是有种舍我其谁的自信，一点也没受到灯光的干扰。既没有加速也没有减速，就像散步的象群，在上方悠然自得地漂游着。

它们移动的速度并不快，在朵蕾的催促声中，于明、琳达和大卫从容地游回了“好奇者号”。

于明脱离了笨重的机械装甲，回到了驾驶席，他开动了

“好奇者号”向这些庞然大物驶去。大力神紧跟着“好奇者号”，随时准备为它提供护卫，而小叮咚则快速游到了它们中间进行侦查。

它们的体形个个庞大如山，长度至少有几十米。灯光照去，身体洁白，呈半透明状，还反射出一圈圈的光，仿佛内部有电源一样，就这样一舒一张，缓慢而从容地运动着。

“这种生物看起来类似于水母，不过在这个星球上，它们发育得过于巨大了。”琳达说道，此刻她已脱离猎手装甲，露出她飘拂的金发、苗条的身体和美丽的面庞。

于明调高了全息视窗的光度，并增强了透视效果。海底一丛丛飘摇的海葵花，头顶漂游的一队巨大水母，这个奇伟瑰丽的世界清晰地映现在他们周围。

“我们给它们起个名字，就叫云水母吧！”于明说道。

“像云彩一样巨大的水母，云水母？我喜欢这个名字！”琳达报之以明媚的微笑。

“报告‘好奇者号’！这些巨型生物身体内有极强的生物电活动，非常强，我还接收到复杂的生物电波，不排除它们具有一定的思考能力！”小叮咚此刻混迹于它们中间，发回近距离的观察报告，它的身体现在是完全透明的，这些云水母很难发现它。

“如果它们具有思考能力，那么肯定已经发现了我们，但它们为何对我们视而不见、毫无反应？”宇航员们一边困惑地观看着眼前壮观的画面，一边讨论着。

“它们正在向火山的方向漂去，让我来跟踪它们！”

“太好了，我也正想去那里看看，火山附近或许有不同的自然风貌，”大卫用带有合成器的磁性声音说道。此刻他已摘下黑色眼罩，在古希腊雕塑式的金属面孔上，露出那一双深邃的灰色眼睛。

于明驾驶着“好奇者号”，尾随着这一队庞然大物，驾驶屏的光辉映亮了他充满青春光泽的脸。

一座大山之影，因为放射着红外线，而在全息视窗上呈现出暗红色，它出现在“好奇者号”的前方，高大巍峨，完全封堵了“好奇者号”前行的路。

“好奇者号”跟随着云水母们上升，越过一道山峦。这里水温明显升高，水流运动也变得激烈了。

这一队云水母向山坳中漂去。

只见它们的行为突然发生了变化，突然间上蹿下跳，一个个庞然大物变成了弹跳的乒乓球！快速上升，急速冲高，冲到高点又急速下降，降到低点再急速上升。就这样循环往复着，成为蹦床上的运动健将。

“小叮咚，那里发生了什么？”于明紧急联系他的侦察机器人，此刻它正混迹在这一队云水母中间和它们一起运动着，从它的运动轨迹来看，它也在上蹿下跳。

“这里有一道巨大的火山喷泉！温度很高，富含火山能量物质，这些巨型生物随着水流上下运动，正在喷泉里边冲浴！”耳机里传回小叮咚的清脆声音。

“原来是这样，这些生物真奇妙！”于明感叹道。

“报告大家，我们的生命探测器显示这里还有很多很多的大型生物，”朵蕾汇报道。

“很多大型生物？它们在哪里？我们来观察一下！”

于明驾驶“好奇者号”下潜，打开全部的探照灯。雪白的光锥四处扫射，试图将这座山坳照亮。这些光束就像雷达波，反射后加强的影像被清晰地映现在全息视窗上。

很快，宇航员们就知道生命探测器所显示的大型生物是什么了。

如果说之前他们遭遇的外星生物，是一片片漂在海底的“花丛”，那么现在他们看见的，就是一座座高大的“树木”组成的“森林”。

在山坳之底，在火山喷泉旁的谷地，生长着一树树高大的生物，每一株都要比那些海葵花大几百倍。

“好奇者号”将明亮的光锥投射在它们上面，只见它们的“树叶”不是片状的，而是伸展开的羽毛状，每一片都比“好奇者号”还要大。在明亮灯光的照射下，反射出彩虹般的绚丽光泽。

而在树叶之下，偶尔露出一截截粗壮的“树干”，那些粗壮的树干似乎将根部深扎在海底。虽然体型巨大，但它们不是静止不动的，而是在水流中蠕动和摇摆着。

那些云水母似乎吸饱了能量物质，结束了在火山喷泉中的蹦极运动，它们降低了高度，懒洋洋地在这片巨型“森林”上游荡。“好奇者号”继续紧随着它们，饱览这一处火山山坳中奇异的自然景色。

突然，前方这些云水母的队形变得混乱起来，有几个体积较小的云水母开始四散逃窜，而那些体积较大的云水母则停了下来，快速地舒张收缩，庞大的身体就像在痉挛，似乎表现出激烈的躁动不安。

那里发生了什么？竟然会让这些面对“好奇者号”毫无反应的云水母都表现出惊慌？于明驾驶“好奇者号”，逐渐驶近了云水母群。

从下方的巨型“森林”中，蓦然冒出一个长长的东西，伸展得很高很高。只见它像一条粗壮的大蛇，在“森林”上方盘旋翻卷，扫来荡去，雄伟得就像龙卷风。

全息视窗的焦点集中在它的蛇头，那里羽毛状的触手收拢着，就像很多根手指牢牢地抓住了一个东西，定睛看去，它的触手中抓住的是一只云水母！

那只云水母的体积相对较小，看来是这个群体中的幼崽。它在不停地变形，飞快地膨胀收缩，从身体里发出光，剧烈地颤抖闪烁，很明显它拼命挣扎想要逃脱出来。

“看来它们遭遇到了天敌，琳达你判断这是什么品种？”大卫说道，宇航员们坐在“好奇者号”里，透过全息视窗清晰地看着外面发生的这一幕。

“从它扎根在海底淤泥这一点来看，它的类型应该是某种大型泥虫；从它灵活弯曲的动作来看，它的演化又朝着巨型海蛇这一方向。”琳达说道。

那只小云水母被巨型海蛇牢牢地攫住，不停地痛苦挣扎，令人非常揪心。所有的大云水母都降低了高度，围了上去，看样子是要解救那只小云水母。

“我判断它们无能为力，那只小云水母死定了。”于明已经下了结论，“它们没有牙齿也没有四肢。虽然体型巨大，似乎很有力量，但它们没有工具斗得过那条大海蛇。”

“我看不一定，在漫长的生命演化和生存竞争中，每一种生命都发展出了自己独特的本领，拥有最适合自己的自卫方式，让我们继续观察吧！”大卫发表了不同的意见。

只见那些云水母围绕大海蛇团团旋转，身体里的光亮一阵阵闪烁，频率越来越快，就像在积蓄着某种力量——

突然之间，一道道强光从它们的身体里射出来，击中了那条巨型海蛇的蛇颈！

“哇！好奇妙啊！大卫老兄你说得对，原来它们会放电！”于明不由自主地大声惊叹道。

“确实让人意料不到，”琳达说道，她也感到很惊奇，美丽的面孔在簌簌电光的辉映中更显熠熠生辉，“不过在古老的地球上，在深深的海底，就有很多种生物是靠放电来捕猎或者自卫的，就和我们眼前所见一样！”

“是的！大自然的剧本总是在重复上演，在宇宙的每一个角落每一处舞台上。”大卫发出合成器的磁性声音说道。

宇航员们聚精会神地观看着这场巨型生物之间的捕猎角力，于明驾驶的“好奇者号”在不知不觉中又向这缠斗的现场靠近了一步。

场面上似乎胜负已分，只见这群云水母团团围攻那条巨型海蛇，从它们的身体里发出一道道电光，不停地击中它。那条巨型海蛇似乎毫无还手之力，非常痛苦地翻滚挣扎，拼命扭动以躲避着云水母们的电击，然而它却一刻也没有放开那只小云水母。

“真是太精彩了！”于明说道，“我看云水母会获得胜利，那条大海蛇就要承受不住了。”

“哈哈，于明，我认为这次你又判断错了。”大卫笑道，他的古希腊雕塑式的金属面孔被一阵阵电光照得雪亮，“我的看法是那些云水母很无奈，我认为它们是中了这条巨型海蛇的诡计，继续看吧，估计结果很快就要水落石出了。”

那条巨型海蛇举着猎物翻来滚去，无论怎样承受电击，就是不放开它。

云水母们发疯般地追着它疯狂地放电，就在一刻不停的追逐之中，那些云水母的电力越来越弱，光亮越来越暗，它们的游动也越来越慢，逐渐耗尽了力量，变得筋疲力尽。

当这群云水母游动的高度越来越低时，那一片巨型“森林”突然撕去了伪装，就像雨后春笋一般，从那里蹿出了几十条巨型海蛇，它们以迅雷不及掩耳之势伸向那些云水母。

那些巨型海蛇埋伏已久，以逸待劳，此刻终于迎来了发动进攻的最好时机！

这群云水母失去了抵抗力，它们已疲惫不堪，放不出电，没有了力气，游不动也逃不走，被突然出击的巨型海蛇缠得结结实实，就要束手就擒、全军覆没了。

“我明白了，原来那条大海蛇是将这只小云水母当作诱饵，用来消耗这些云水母的电力和体力！”于明说道，在这一刻恍然大悟。

“是的，这场游戏落幕了！”大卫对于明说道，合成器发出的声音中透着自负，就好像自己站在了胜利的一方，

“无论在宇宙中的何处，只要有生存竞争，就会有捕猎者的智慧。”

他的话音刚落，突然之间，他们身体一沉，转瞬间已经变成头下脚上。幸好他们都被安全带固定在座椅上，没有因为碰撞而受伤。

“好奇者号”发生了什么？

宇航员们看到在舷窗之外，是黑黝黝、粗糙的蛇皮，以及一个个脸盆大的吸盘，簇拥在那里，就近在眼前，令人感到恶心——

“我们被大海蛇卷住了！”于明喊道。

原来是他们距离战场太近了，或许因为探照灯灯光的吸引，一条巨型海蛇偷偷伸过来，将他们当作猎物，发动起袭击，卷住了“好奇者号”。

观战者一不小心就被卷入了战斗，成为被捕猎的对象，于明不禁对自己的粗心感到后悔。

这条巨型海蛇力大无穷，在海底又有牢固的根基，它紧紧缠住“好奇者号”的舱体。“好奇者号”与它相比显得太小了，即便于明开动全部马力，“好奇者号”也无法挣脱出来！

这一刻真的是又尴尬又危险。当一种先进的宇宙科技文明，遇上另一个星球上原始的巨型生物，与它展开近身肉搏时，才发现自己竟然无能为力。

这条巨型海蛇卷起“好奇者号”，就像抓住了一个小玩具，它上下左右挥舞了一阵，炫耀玩弄够了，似乎想知道它的里边有什么，就抓紧“好奇者号”向海底的一块大石头用力磕去。

“危险！大力神！快来救我们！”

于明迫不得已下达了命令，面对这样危急的时刻，他已经毫无办法。大力神一直跟随着“好奇者号”巡游，此刻到了该它出手的时候。

“不要怕，不要慌，有我在！”一个轰鸣的声音响彻他的耳畔。

说时迟那时快，只见几点白光飞向那条缠住“好奇者号”的巨型海蛇，沿着它飞速向下，落在那片“大森林”中发生爆炸，那条巨型海蛇被连根炸断。大爆炸激起了巨大的冲击波，冲击着这片“大森林”，其他的海蛇受到惊吓，它们放开所有的云水母，飞快地缩回到海底的泥穴之中。

那条缠住“好奇者号”的巨型海蛇一阵阵痉挛，尽管它从根部被炸断了，可是并没有死去，而是放开猎物，蜷缩成一团，钻回到海底的淤泥之中。

“原来这些狡猾的大海蛇是胆小鬼，”于明如释重负，“谢谢你，大力神！”

“好奇者号”成功脱身，翻转过来，于明立刻操作飞船远离这片是非之地。

行驶到安全地带，“好奇者号”停下来，掉转头，宇航员们重新观看这一片狼藉的战场。

“那只小云水母有可能死了，”琳达说道，声音很是惋惜，很明显她动了恻隐之心。

只见那些获得解救的大云水母，围绕着那只被巨型海蛇当作诱饵的小云水母。一只大云水母用身体擎着它，这只小云水母的身体内已完全没有了光亮，身体不再一舒一张、呈现一种松弛的状态。

所有的云水母围绕着它旋转，光动缓慢，给人感觉就像失去了孩子一样悲痛。

小叮咚就在它们的中间。它游近那只死去的云水母，向它张开双臂，就像要拥抱它，突然之间小叮咚的身体就像点燃了，向外迸发出炽亮的光芒。

“小叮咚你要干什么？”琳达向它呼叫。

“我在给它充电，起搏它的心脏，我可以救活它。”

一道光从小叮咚的身体发出，刺入那只死去的云水母。只见它就像受到了电击，原本一动不动的身体有规律地摆动起来，内部的光也开始亮起，一点一点地跳动，越跳越亮。

片刻之后，那只小云水母复活了！它漂浮起来了。

所有的云水母看起来极度高兴，死去的孩子失而复得。它们这回注意到了小叮咚，围绕着它和那只小云水母，身体里的光节奏一致，就像打着拍子，一明一暗地闪亮着。

“它们又在干什么呢？”琳达好奇地问。

“它们在感谢我，把我当作神顶礼膜拜，表达忠心呢！”小叮咚清脆的声音中有些得意。

“好的，享受一会就可以了，你快回来吧！”

小叮咚回到了飞船，这一队云水母不再对“好奇者号”视而不见，它们围绕“好奇者号”转了几圈，用一明一暗、整齐一致的闪光向这些外星来客表达谢意。然后又排着队，像巨大的云彩一样漂离这处山坳，向着远方海洋的深处漂去。

5. 无聊的智力测验

“亲爱的达尔文，这一趟着陆玫瑰星的科学考察非常有价值。果然不出您所料，在这颗星球厚达千米的冰盖之下，有一座深海地壳热液生物的乐园。”

“我们在这处海底世界已经巡游了150小时，这里的地壳运动异常活跃，海底大裂缝纵横交错、密集分布，每一刻都有火山在喷发。这里的生命随处可见，它们走上了另外一条生命演化路线，不需要氧气、不需要阳光，它们依靠水、依靠从地壳深处喷发出的能量物质生存。”

“我们估算这里的热液生物种类可能达到十万种，形成一个丰富的大生物圈。在这颗低重力星球的海洋里，很多种类体型巨大，让我想起古代地球白垩纪遍布的恐龙。”

“一般生活在地下或者深海的生物，因为那里没有光线所以视力无用，导致它们视力退化或者根本不需要长眼睛。

但在这颗星球的深海世界，我们发现很多种生物可以发出明亮的荧光，照亮周围的环境，同时它们拥有敏锐的视力，有一些品种还可以发出强烈的声波，像海豚或者蝙蝠一样用声波探测障碍物。很明显这是漫长生命演化中自然选择的结果，可以让它们在复杂的生存竞争中占据优势。"

"当然，我们工作的重点是寻找智力飞跃的痕迹，捕捉文明初现的曙光，为宇宙伊甸园工程服务。在如此丰富的生物种类中，是否有一种生物具备发展为高等智慧生命的潜力，值得我们采用基因技术改造它，加速这颗星球迈向智慧文明的进程？这也是您最关心的，我想我们已经找到了一些线索。"

"在海底的某些地方，我们找到了一些明显经过打磨的工具，它们的外形像是石刀、石枪或者石斧。我们也找到了一些刻画在石头上的符号，经过统计分析，它们的作用类似于象形文字，为某种生物所用。可以确定，这颗星球漫长的生命演化中已经出现了一种智慧生物，它们类似于史前人类，群居、集体活动和捕猎，可以制造丰富精巧的工具来改造大自然。"

"但是我们还未找到这种使用工具和文字符号的生物，我们在遗落这种石制工具的现场收集了多种生物，下一步的工作将是分别对它们进行测试。对这颗星球的生命进化研究我们才揭开了冰山一角，还有很多的未解之谜等待破解。”

“希望我们能尽快找到使用这些工具的智慧生物！为了能够圆满完成宇宙伊甸园生命改造计划，完美地完成对玫瑰星的科学考察，我们申请延长在这颗星球的停留时间。”

一条条量子通信波从“好奇者号”发出，穿越黑暗的海水，穿透厚厚的冰盖，穿过闪电交织的雷暴层，飞向太空，飞向环绕玫瑰星运行的“达尔文号”。

此刻“好奇者号”像一艘潜水艇一样在深海里航行。明亮的探照灯灯光劈开海水，照亮千古幽暗的世界，核反应堆提供的动力强劲持久，制氧机在不间断地工作，分解水分子制造氧气，“好奇者号”的船舱里氧气充沛。

于明和大卫在驾驶舱里掌控着飞船，琳达和朵蕾在实验舱里工作，小叮咚是她们的助手。

实验舱里光线昏暗，营造出一种神秘安谧的气氛。各种仪器密密麻麻地挤在狭小逼仄的空间里。琳达坐在试验台前，从一堆石头中拿起一块仔细观察，那是一块红色的火山石，它的一侧边缘呈锋利的刀刃状，有明显打磨加工过的痕迹。

朵蕾来到她的身边坐定，在她们面前的生物试验箱发着微光，水流和气泡在里边循环运动，搅动水波荡漾一闪一闪的，也映亮了一黑一白两张俊俏的脸。

“我这次选择了六组生物，都是在发现这种石头工具的地点收集的，它们都满足以下条件：一是群居生物，二是具有相对复杂的神经结构，三是拥有精巧灵活的肢体，四是有比较发达的发光器官，同时拥有比较好的视力。”朵蕾说道。

“这些石器数量众多，全都被磨制得异常锋利，似乎是被用作武器，抵御某种危险的生物。”琳达拿起一块石头说，“我有一种预感，我们找到的生物都不是这些石器的真正主人，它们在这颗星球很可能濒于灭绝的边缘。不过我很感兴趣，想看看这些外星生物对我们的生物智力测验反应如何。”

朵蕾按动开关，第一组实验动物被移送进生物试验箱中。

这一组生物看起来非常健康，共有六个。它们全身包裹着红色的硬壳，就像在火山熔岩里煮过似的。身形看起来像放大版的海马，头部长角发出明亮的荧光，两只凸起的眼球灵活地转动着。一条壮硕的像扇子一样的尾巴，用来支撑身体和游水，因而被解放出来的四只螯，举在胸前，一张一合，动作十分灵巧。

只见它们进入生物试验箱后立刻四处游走，似乎对这个新环境非常好奇。它们对每一个角落都详细查看了一番，有一只还游到琳达面前，隔着玻璃看着她……

在它面前是一个金发碧眼的美丽女人，为了与它相遇，穿越了 300 多光年的距离，才来到它的面前，不过在它的原始头脑中，能否理解什么是美丽？能否理解 300 光年的距离是什么概念?

“检测到了次声波，它们可以发出声音，莫非它们之间存在语言？”朵蕾说道。

“非常好，继续测试！”琳达兴趣盎然地注视着眼前的这只生物，和它相互凝视。

这是一次跨越了300光年的相遇，它的外形是如此原始和丑陋，不过这与智慧有什么关系呢？就在十几万年前，人类的祖先蹲在山洞里烤火，用兽皮遮身，用石器工具打猎，看上去应该也是一样的原始和丑陋吧。

朵蕾操作机械手，放进去一只装满小生物的透明瓶子，这正是这种外星海马最爱吃的食物。它们应该是饿了，看到这些瓶子里装的小生物，立刻都围了过来。

这是一个肚大口小的瓶子，瓶子里的小生物活蹦乱跳，就像一群无头苍蝇，撞击着玻璃瓶壁，它们找不到出口跑不出来。而这群外星海马同样着急，它们想吃到里边的小生物，上上下下快速游动，张牙舞爪敲击着玻璃，可就是吃不到，直到筋疲力尽，才停下来歇息一会。

朵蕾的表情有些失望，如果这些生物足够聪明，就可以沿着玻璃瓶壁，找到瓶子的入口，钻进瓶子里吃掉这些小生物，然后再从这条通道钻出来，或者它们也可以使用工具砸碎瓶子。

“朵蕾，开始给它们播放学习动画吧！”等了好久，琳达说道。

“好的！”朵蕾爽快地回答。

一道光射入生物试验箱，一个屏幕亮起，一幅图像开始在这些外星生物的眼前播放。

画面上是一群卡通版的外星海马。第一幅画面是它们用大螯夹起一块块石头，用力磕碎了玻璃瓶子，瓶子里的小生物跑了出来，被它们吃掉；第二幅画面是一只卡通外星海马沿着瓶壁游走，在瓶子的一侧终于找到了入口，钻进去吃掉了所有小生物……

这些外星生物呆呆地看着这两幅图像轮番播放，如果它们有自我意识，应该意识到这些卡通版外星海马的行动正是在暗示自己。而此刻在玻璃瓶的下方，就有几块石头，和画面中石头的形状一模一样，一切都这样明显，就等待它们行动了。

这个智力测验的第一关如此简单，如果它们具有观察能力、模仿能力和学习能力，可以思考和领悟，通过这一关对它们来说不算难事，可是画面反复播放，它们却依然无动于衷。

“小叮咚，你帮助它们一下吧！”琳达说道。

“好的！我要手把手教会它们！”那个小机器人回答。

只见它靠近生物试验箱，向那些外星海马张开双臂，如儿童一样光洁的脸开始发光。

那些外星海马感应到了生物电脉冲，全都像遭受电击一样颤动起来。

小叮咚具有强大的发射能力，可以影响这些外星生物的神经电活动，就像为它们的大脑中枢强行输入代码，其作用类似于强力催眠。

那些外星海马开始行动了，它们动作僵硬，受到一种强大外力的控制，弯下身来用大螯夹住了石头。

“举起来，举起来，举起来……”

小叮咚发出的思维波如此强烈，就连琳达和朵蕾都感应到，忍不住要动作了，但她俩可以控制自己，不响应这种催促。

外星海马们用大螯举着石头面对玻璃瓶子，然后就保持这个姿势一动不动，就像要祈求什么，和此刻小叮咚的身体姿态一模一样。

“算了，我无法教会它们使用工具，它们的大脑里根本就没有这根神经。”坚持了三分钟后，小叮咚表示放弃了。

随着它放下双手，那些外星海马如梦初醒，也放下头顶的石头，摆脱傻呆呆的状态，又开始上蹿下跳，急着吃到食物，将玻璃瓶壁撞得叮当作响。

“它们连工具都不会使用，更不可能会制造工具。”朵蕾说道。

“它们不可能是我们要寻找的生物，把它们放回大自然中，我们进行下一种生物的智力测验吧！”琳达也放弃了。

这一次被移送进生物试验箱的新客人是三只软体生物，它们被水流送进来之后，就附着在玻璃壁上，开始快速地四处爬行。

这种生物的外形极度奇怪，打个比方说，有点像海星。从它们身体的中心对称地辐射出八条腕足，每条腕足上都有吸盘，让它们可以牢牢地抓住玻璃，肌肉收缩有力，运动起来非常灵活。

它们的皮肤是蓝色的，表面应该覆盖着某种荧光物质，发出比较亮的光。八只狭长的眼睛，也呈辐射状地长在八角形身体的中心，大大地睁着，很有精神，让人怀疑里边有灵魂。

当它们看到那个装满活蹦乱跳小生物的透明瓶子，立刻游了过来，附着在瓶壁上翻滚着，拼命想穿透障碍钻进去，很明显对里边的食物充满了渴望。

“朵蕾，给它们播放学习动画！”

“好的！”

又一轮学习和模仿能力的测试开始了。

不过这一次学习录像的主角，从卡通海马变成了卡通海星。

只见那些卡通海星用柔软的腕足，合力卷起一块石头，砸碎了玻璃瓶子，吃掉了里边的小生物，或者沿着瓶壁找到了一端的入口，钻进去吃到了食物。

画面一遍遍地播放……

可是那些外星海星，连看都没有看，依然自顾自地上下乱爬。

“小叮咚，给它们一些提示吧！”

“是！”那个小机器人再次举起双手，童真光洁的脸上开始发光，发出强大的思维波。这回它开启了全部的能量，就连半透明的身体都开始变得完全透明，一圈圈光辉在身体里涌动。

“唉！又是对牛弹琴，换下一种生物！”那些外星海星毫无反应，它们终于也被放弃了。

下一种生物是长着猴子脸的蜘蛛，大概有十多只，全身毛茸茸的，放出的绿光就像灯一样亮。它们的眼珠转动灵活，一进来就先打量周围的环境。

它们很快发现自己被隔绝了，趴在玻璃壁上，像一个个囚犯一样眺望外边，眼神让人觉得既可怜又忧郁。

“朵蕾，给它们投放食物！”

“为它们播放学习动画！”

“小叮咚，给它们提供一些帮助！”

智力测试一轮又一轮进行，一轮又一轮失败，只有一种生物通过了第一关，吃到了瓶子里的小生物，不过它跑不出瓶子，被困在了里边……

“报告达尔文，我们在玫瑰星上已收集了很多种生物，采集了大量的DNA，进行了很多种生物的智力测试，但我们还没有找到那种可以制造和使用石头工具、发明了文字符号的智慧生物。很明显它们并不强大，甚至很弱小，在这颗星球上还未占据生存优势。我祈祷它们还平安地活着，没有在这个弱肉强食的残酷世界里灭绝。”

6. 深入火山洞窟

“我真心不想再吃这些东西了，我宁可去飞船外捕猎，让你跟我尝尝那些新鲜海洋生物的滋味……”

简易工作餐只能供应一些人体必需的营养成分，而且呈黏糊糊的膏状，各种味道混合在一起。于明皱着眉头，放进嘴里勉强才能咽下去，吃这种东西他都忍耐一周了。

“我可不敢跟你品尝海鲜！”琳达立刻俏皮地说道，“因为我怕中毒。那些海洋中的硫化生物，身体组织内积累了大量的有毒元素，如果你敢吃它们，估计一分钟就会死掉，我都来不及救活你。”

两个人类宇航员正在用餐，大卫躺在躺椅上，带上黑色眼罩闭目小憩，机械复合式人也需要休息。“好奇者号”交给了计算机程序，处于自动驾驶状态，在一片陌生的深海空间里巡游。

“你们快来听一下！在深海里我们接收到了一组神秘的信号！”朵蕾突然大声说道，汇报着她的发现。此刻她坐在监测席上，不知疲倦地工作，监控着生命探测器返回的信息。

“好的，朵蕾，将它播放出来吧！”于明命令道。

一段旋律立刻在“好奇者号”的舱室内响起。

那段旋律高低起伏，神秘而悠远，就像是一种动听的音乐，或者是包含大量信息的暗语。难道这是大自然中某种生物发出来的吗？琳达听着这个旋律，脸上的表情变得眉飞色舞，手脚也有节奏地打起了节拍。

“在这深海里怎么会有音乐？”于明诧异地问道。

突然砰的一声响，将于明和琳达都吓了一跳，竟然是大卫从躺椅上蹦了起来。只见他三步两步就跑回了驾驶席，他们从未见过他有这样大的反应。

“你们抓紧坐好！快系上安全带！”大卫边说边直接跳到驾驶席，飞船的自动驾驶状态自动解除，他将操纵杆一推到底，“好奇者号”开动最大功率，像一支离弦的箭一样飞射出去。

“大卫老兄，你这是要干什么？”在高速行驶中，“好奇者号”剧烈颤动，于明跌跌撞撞地摸回了驾驶位，一屁股坐在副驾驶席上。

“什么也不要问！立刻帮我锁定这个信号源！我要全力

追踪它！”大卫充满磁性的合成声音异常坚决，一双灰色的眼眸注视着前方，那目光里似乎燃烧着疯狂。

“它就在我们左前方1000米处，不过它的移动速度飞快，在雷达上很难锁定，大卫老兄，这个东西是什么呀？”

“好幸运啊！守护每一颗生命星球，想不到在这颗星球上真的又遇见了！”大卫自言自语，驾驶着“好奇者号”高速飞驰，完全没有理会于明的问题。

于明不能理解他的话语，只好自顾自地看着示波器上跳动的旋律。这个信号波形极度复杂，却又非常稳定，看起来更像是机器，而不是某种生物体发出的。

玫瑰星太大了，很多地方“好奇者号”还没有到达，难道在这里还隐藏着什么令人无法想象的秘密？

大卫的疯狂追赶终于有了收获，于明在雷达上锁定了这个信号源，大卫驾驶“好奇者号”拼命加速想追上它。但那个信号源也开始加速，不徐不疾地保持距离，“好奇者号”就是追不上它，在全息视窗上也看不见它任何的影像。

在远程雷达的屏幕上，一座巨大的屏障出现在眼前，完全堵住了“好奇者号”前行的路。

从遥测返回的结果来看，它的高度达千米，或许主峰已穿透海洋之顶的冰盖，这是一座非常高大的山脉。

“我们的雷达失去了目标，信号源消失在这座火山里了！”于明惋惜地说道，“好奇者号”开动马力全速追踪，可是目标还是被他们追丢了。

“唉！”大卫非常失望，发出一声重重的叹息。

“大卫老兄，那个神秘的信号源无处可去，应该还在这一片区域。”

“这里的环境非常危险，通过分析探测返回的物理数据，这座火山处于爆发的边缘，大爆发随时可能发生，不适合‘好奇者号’久留，建议立刻离开！”朵蕾提醒大家。

“不！我要留在这里搜索！直到再次出现信号！我一定要找到它！”大卫的态度毅然决然，那个通过声音合成器发出的磁性声音斩钉截铁。

“好的！大卫老兄，这个神秘现象非常有考察价值，我站在你这一边，我支持你到底。”

“我相信它并没有走远，咱俩互换一下功能，你来驾驶‘好奇者号’，我来观察环境，监控雷达寻找它的踪迹吧！”大卫说道。

“好的，大卫老兄，你能先告诉我这个神秘的信号源是什么吗？”

“于明老弟，不要着急，认真驾驶飞船，当我们追上它，你自然就会看到它了！”

琳达和朵蕾并排坐在监测席上，琳达带上了耳机，闭上了眼睛，仔细聆听那个信号的回放。

“这一组信号旋律异常精致，我相信它不只是音乐，更包含着丰富的内容，我相信那是一种语言，来自一种高等智慧生物。”琳达睁开眼睛说道。

现在“好奇者号”已经非常靠近这座海底火山了。

从全息视窗望出去，在一轮轮强力探照灯的扫射中，映现出一个黑黝黝的巨大山体。在黑暗中可以看见山体上有几十处红光闪耀，就像那里着了大火，蜿蜒的熔岩汇聚成一条条火河从山上流淌下来。

“报告！那个神秘信号又出现了，不过它的强度变得非常弱，以至于很难跟踪。现在可以确定它的大概方位，就在火山的里边。难道它钻进了火山的内部？”

朵蕾说完抬头看一眼那座大山，巧克力色俊俏的面孔上表情惊诧。

“是的，没错，它进入了里边，”大卫操控着雷达，在雷达屏幕上出现一个十字星，显示他们追踪的那个神秘目标竟然就在火山里面。

于明目视前方，蹙起了眉头。此刻距离火山非常近了，几近直立的山体就近在眼前，似乎根本没有通道，那个神秘的信号源，是怎样进去的呢？

“于明，我们不需要钻透岩石。”

大卫看到于明启动了“好奇者号”前端的钻头，于是将金属手臂放在于明的手上阻止了他。

“你注意到没有？现在我们被一股巨大的力量托举，从热成像显示来看，有一股巨大的热流正从下方涌上来。这股水流很集中，我相信那里有一个洞口，那个神秘的信号源会不会正是从那里进入了火山的内部呢？”

“大卫老兄，你说得对，我们这就去找找看。”

于明驾驶“好奇者号”调转船头，加大马力，逆着那股热流向下方驶去。

那股热流就像是一座地热喷泉、大自然的力量是雄伟的，火山的热量加热了海水，形成一股强而有力的上升水流。越向下驶去，水流的力量就越强。

“这里太热了！”琳达擦了一下脸上的汗水。

于明的额头也滴下了汗珠。尽管“好奇者号”有非常良好的隔热层，可以经受像穿越大气逸散层那样的高温冲击，但此刻浸泡在60摄氏度以上的热水中，随着时间的流逝，那种热量还是慢慢渗透进来。

“再加把劲！我们就要到达洞口了！”大卫一直在雷达上追踪那个信号源，给大家打气说道。

他们现在对抗的是从一颗行星地心发出的能量，“好奇者号”在高速奔涌的热流中簌簌颤抖，即便它的核发动机功率强大，在这股大自然伟力面前也是举步维艰。

于明将“好奇者号”的功率开到最大，驾驶台上的危险警示灯都已亮起，红光闪烁。如果这种超负荷的运转坚持得太久，发动机将有因为过热而被烧毁的危险。

“加油！只差一步！”“好奇者号”向前行驶，越是接近洞口阻力就越大，每个人都在心里暗暗着急和使劲，咬着牙，希望把自己的力量传递给“好奇者号”。

“不要急！我请求出舱，从外部为‘好奇者号’提供推力！”当“好奇者号”再次被水流冲回来，大力神请示道。

“好的，你要注意安全！”

在大力神的强力推动下，“好奇者号”一个加速冲刺，就像离弦之箭向前冲去，前方水流的阻力突然变小了。

“谢谢你大力神，我们穿过洞口了！”于明兴奋地喊道，一边赶紧控制“好奇者号”的运行速度，让它的姿态变得平稳。

愈向前水流就愈缓慢，“好奇者号”进入一片新的水域，大力神跟随它在后方巡游。

“告诉大家一个好消息，那个神秘的信号又出现了，非常稳定，那个信号源就在这里，”朵蕾大声说道。

“是的，是的，我们继续追踪它！”大卫紧盯着雷达，从他的声音中透出难以言表的兴奋。

于明一边擦拭着热汗，一边驾驶着飞船。他打开了“好奇者号”全部的探照灯，四下扫射，所有的雷达也全力开动，全息视窗的清晰度也自动调至最大，辅助以微波红外成像。这样，即便周围黑暗一片，也要让宇航员们尽可能看清周围的情况。

原来这里是一个巨大的洞窟。

山洞的下方，貌似深不可测，隐隐透出一种可怕的红光，好像有岩浆在沸腾翻滚，似乎直通星球地壳的深渊。而向周围看去，在比较远的地方，在黑黝黝的背景上，闪动着绿色的磷火，一波又一波地起伏荡漾着，就像满天都点缀着神秘的星星。

“我们追踪的那个信号非常强，它应该就近在眼前。”朵蕾说着话，警觉地直起身体。

“没错，我已经扫描锁定它了！”大卫喊道，从他的声音里，能感觉到他有多么激动。

一个目标物在全息视窗上迅速放大。

那是一个圆盘状的飞行物，有一圈格子状的小窗，四周发出灿灿的白光。它似乎也注意到了“好奇者号”，在前方快速摇摆晃动了几下。只见它向下喷出一道光，一个加速，在“好奇者号”的屏幕上又消失了。

大力神向前冲去，可是在那个飞行物消失的地方，水中只剩下一轮白色的烟圈。

“一艘外星飞船！”

“是的，一艘外星人的船！”

于明和琳达都发出了惊呼，即便是朵蕾也表现出了极度的惊讶。此刻大卫却表现得极为冷静，似乎这一切都在他的意料之中，一双灰色的眼睛看着那个神秘飞行物消失的方向。

“大卫老兄，我们追不上它，它的速度要比我们快，甚至比大力神还要快，”于明说道，“你见多识广，这种圆盘状飞行物是什么来头？为什么我们会在这里遇到外星人的飞船？”

“如果不出我所料，它应该是传说中的守护者，属于造物主文明，驾驶着圆盘状飞行物，从始至终守护孕育智慧生命的星球，没有人知道它们来自何处，仿佛它们拥有时空隧道，可以自由穿梭*N*维折叠空间！”

“那样的宇宙科技太神奇了，是我们人类星际联盟目前所达不到的。”

“或许永远都不能达到，除非……”大卫说到这里停顿了一下。

“除非什么？大卫老兄，希望你可以告诉我。”于明心急口快，他非常好奇，想打破砂锅问到底。他相信大卫心中一定藏着更多的秘密，他急于想知道。

“哈哈！除非是我们能找到它！于明老弟，好好地开你的船吧，我相信它并没有飞远，一定还会再次出现，我相信在这颗星球上，一定有一个大秘密在等待着我们！”大卫说道，他观察着前方和周围的环境，在英俊的金属面孔之上，一双灰色的眼睛显得异常深邃。

“好奇者号”在这个洞窟里行驶，大卫紧张地从雷达上搜索，寻找外星飞船的踪迹。

“于明老弟，你有没有什么特殊的感觉？我的第六感又发作了，我感觉周围好像有什么东西在窥视我们。”大卫再次开口说道。

“我除了感觉热，还能有什么特殊的感觉？这里好热啊，难道是那艘外星飞船在监视我们？非常希望是这样，我们就不必为追丢它而懊恼了。”

“不是的，我想我们的到来惊动了这里的什么东西，此刻它们正在窥视我们。我感觉到周围好像有很多双眼睛，它们发现了‘好奇者号’，在观察着我们的一举一动。它们非常不友好，随时准备发起攻击。”

“我希望你的第六感这一次不灵……”

“我们的生命探测器显示，周围有大量的生物，此刻在这个洞窟里，弥散着大量的超声波……”朵蕾从监测席汇报道。

“难道我们又有新的生物可以研究了？朵蕾，将这些超声波转换成人耳可以听见的声音，播放出来给我们听吧。”

“好的，你们听！”

飞船里立刻回荡起一种声音，奇异、摇曳、急促，一波一波袭来，让人冷到骨髓里。就像极光在夜空上飘荡，就像一群幽灵在黑暗中哭泣，听了之后让人心惊胆战。

“这是什么声音？”

“它们应该是来自某种未知生物。这种超声波，是我们之前在这颗星球上从未发现的。”琳达说道，那张漂亮的面孔上表情严肃，如临大敌。

“这些超声波并不是杂乱无章的，而是有奇妙的秩序，有很强的方向性。它们现在正在集中，就像雷达一样锁定‘好奇者号’。”朵蕾观测着仪器说道。

“超声波？你是说有满满一洞窟的超声波？琳达、朵蕾，你俩不要太紧张了！”于明故作镇定地说道，“任它们锁定好了，就是有满满一洞窟的吸血蝙蝠我们也不怕！”

“哇！你们有没有看见？这里有很多漂亮的小鱼哎！”于明试图转移大家的注意力，放松一下绷紧的神经，他放慢“好奇者号”的速度，直至停下来观察。

或许受到光源的吸引，在“好奇者号”的全息视窗之上，出现了一些奇怪的小生物。它们千姿百态，多种多样，还有更多小生物向这个方向游来，在周围越聚越多。

有一种生物是粉红色的，外形很像透明的瓶子，里边的肠子清晰可见，在瓶壁上雕刻着一个菊花状的器官，不知道那是嘴还是排泄孔。它斜斜地戴着一顶睡帽，悠悠地漂过，非常梦幻。

又游过来一群圆环状生物，在探照灯灯光中呈现出金黄色。它们圆润如玉，圆环状躯体的边缘伸出很多对触角，就像齿轮一样，在旋转中用齿轮触角相互碰撞，转瞬间又分开了。

“你们看！那里飞来一只蝴蝶！”于明指给其他人看。

那是一只外表很像蝴蝶的生物，色彩鲜艳，吸引了大家的目光。

只见它翩翩游来，收起像翅膀一样忽闪、大得出奇的双鳍，落在“好奇者号”的船体上。在它的身上有一圈圈紫色的花纹，被灯光照得熠熠生辉。

它伏在那里一动不动，不知道是想在“好奇者号”上短暂休憩，还是想看一看飞船里的景象，一窥这群天外来客的真面目来满足一下自己的好奇心。

“它没有眼睛哎，也没有发光器官！”

就在大家仔细观察它的时候，情况发生了微妙的变化，落在全息视窗外的这只“蝴蝶”就像被一股什么力量给击碎了，突然之间就变成了碎末，消散在水流中……

围绕“好奇者号”周围那些熙熙攘攘的生物，那些瓶子状、齿轮状的家伙，原本悠然自得，这一刻好像都被机关枪给扫到了，纷纷破碎了，变成了一团团红色的、黄色的粉末。

就在全息视窗之外，怪象越来越多，只见水中开始出现一串串小气泡，越来越密集。它们沸腾翻滚，汇聚成一个个大气泡然后炸裂，就这样周而复始、循环往复。

“朵蕾，收集一下信息，难道是火山即将爆发或者即将发生大地震吗？”

“都不是！这里海水沸腾并非来自热量的流动，我们也没有观测到从下方升起高温水流！”

“啊！好像谁打了我一棒！”于明突然大喊一声。他放开操纵杆，双手抱头，全身痉挛，蜷缩在驾驶席上。

“我也是头痛欲裂！这是怎么回事？”

琳达也出现了同样的反应。只见她垂着头，闭着眼睛，全身颤抖，瘫缩在座椅上。一张原本漂亮的脸上五官扭曲，很明显她也在咬牙对抗一种剧烈的痛苦。

“好奇者号”开始高速晃动，晃动变得越来越厉害，这种晃动并非水流的冲击引起的，而像是一种从内到外的共振，有一种奇妙的力量作用在“好奇者号”的船体上，让它的运行失控了。

“它们的进攻开始了！”大卫说道。从合成器里发出的声音依然冷静，深邃的目光看向远方。他没有表现出任何不适，或许因为他是半机械半人类的复合生命，没有人类五脏六腑的缘故吧。

“谁的进攻？我快坚持不住了！”

于明瘫软在驾驶席上，脸上的肌肉全部扭曲变形，身体像筛糠一样剧烈抖动，发抖的手根本就握不住操纵杆。

“你休息，我来驾驶飞船！”

转换驾驶功能之后，大卫再次接管了“好奇者号”。

“我知道是什么原因了，这是超声波攻击产生的空化效应②！”朵蕾大声说道，作为仿人机器人，她此刻的状态非常正常，一点都没有受到影响，“聚焦在“好奇者号”上的超声波正在快速增强！洞窟里的神秘生物正在用超声波攻击

---

② 空化效应：当超声波能量作用于液体时，由于疏密波使液体内部压力发生变化，时而受压（正压），时而受拉（负压）。液体承受拉力的能力很差，当无法承受时，液体分子就会断裂，产生接近真空的空穴，伴随局部高温、高压。由于空穴迅速形成与消失而与周围液体分子摩擦，致使空穴壁处带电产生电离，这就是空化效应。特定频率的高能超声波作用于人体，会导致人体内存在的气泡有一个突然变大的瞬间，类似于爆炸，瞬间的温度和压力都非常大，足以伤害人体细胞。

我们！”

“超声波的频率是多少？”大卫问道。

“频率接近 100 兆赫，能量还在增强中！”

“这样强的超声波足可以杀人！如果直接作用于人体，可以让人血液沸腾，内脏受损而死亡！”大卫说道，“不过不要害怕，我有办法的！”

周围的海水沸腾翻滚，密集的气泡遮住了视线。大卫将操纵杆一推到底，“好奇者号”冲刺般全速前进。

超声波在水中可以传播得很远很远，方向性极强，强度衰减很慢。高能量的超声波具有极强的破坏力，可以成为武器。此刻在这神秘的洞窟里究竟隐藏着一种什么生物，对“好奇者号”虎视眈眈，以超声波攻击人类呢？

7. 美杜莎之怒

大卫驾驶“好奇者号”高速行驶，就像一支离弦的箭，在火山洞窟的一定范围内兜着圈子。当“好奇者号”高速运转起来后，船体的振动就减轻了，于明和琳达的头痛也缓解了。

“大卫老兄，谢谢你！我感觉好多了，你是用什么办法来缓解我们的头痛呢？”于明从座位上直起了身子，感觉自己刚才就像从鬼门关走了一遭回来。

“非常简单。保持高速运动，千万不要慢下来，更不可以停下来，或者我们驶近边缘，远离洞窟中心的开阔处。这些办法都可以帮助我们摆脱超声波的‘攻击’。”

解决问题的办法竟然是这样，于明这一刻感觉自己好笨。

“大卫老兄，我们是不是应该前往洞壁去看一看？我很好奇那里究竟有什么东西，可以发出这样强的超声波。”

“好，我想这座火山洞窟里所有的秘密，可能都藏在洞壁之上。”

“好奇者号”加速冲向一侧洞壁，大力神在它后面紧紧跟随。

他们靠近了一侧洞壁，只见在全息视窗之外，那一面幕墙高不见顶，无数点绿色的光芒在水流中荡漾闪烁，就像满天飘满了神秘的星星。

“来自四面八方的超声波波束仍在试图锁定‘好奇者号’，不过在洞窟边缘它们很难再聚焦起来，目前来自前方洞壁的超声波最为强烈，那里有一个最近的超声波波源！”朵蕾目光紧盯着观测仪器，汇报着她最新的观测结果。

“好奇者号”越来越接近洞壁，突然有几十道光从那面幕墙中射出，就像一道道流星划破黑暗，直奔“好奇者号”疾射而来。

“梆！梆！梆！”

还没等宇航员们看清那是什么，伴随着急促的敲击声，全息视窗上已经闪烁起一片亮晶晶的火花。

只见十几只绿色生物收起后掠式的翼，紧紧趴伏在“好奇者号”的船体上，以锋利的长喙拼命磕击着“好奇者号”的外壳，脑袋一上一下运动着——它们此刻的动作活脱脱像一只只啄木鸟。

“这些家伙的力量好大，我相信它们可以磕碎岩石！”朵蕾惊奇地喊道。

不过“好奇者号”的钛金属外壳轻巧而坚固，它们的攻击是徒劳无功的，“好奇者号”顶着这些家伙的攻击继续前进。

在全息视窗之外，对面的景象被调整到最清晰的程度。“好奇者号”靠近那片闪烁星光的洞壁，终于看清了那些“星星”是什么——只见在整整一面幕墙之上，上上下下布满了闪闪发光的银蛇。

它们的身体上发出闪亮的绿色荧光，以一团团一簇簇为中心，就像一朵朵闪亮的巨大菊花，阴森森白花花地照亮了周围的水域，又细又长的花瓣伸出很远很远，在水流中漂浮招摇。

“刚才有一束超声波就是从这个方向发出的，不过很奇怪现在怎么就没有了？我想那种可以发出超声波的东西一定隐藏在这种生物中间！”朵蕾说道。

“你说得对，我倒是要看看这些鬼东西藏哪里去了！”

“我们小心为好，这里的生物太怪异了。”琳达叮嘱道，语气中满是担心。此刻那绿油油的光透过全息视窗，将“好奇者号”的内部也照得阴森森的。

于明坐在副驾驶席，控制“好奇者号”伸出一对机械臂。大力神飞到“好奇者号”的前方，正对着这面布满闪亮银蛇的洞壁，随时准备为“好奇者号”提供护卫。

只见两条机械臂从“好奇者号”伸出来，越伸越长，伸向洞壁那堆绿油油、白花花的菊花状生物，直到与其中一条同样伸展开来的银蛇接触。

这条银蛇虽然纤细，但却有力。蛇头上没有眼睛，但末端长着一圈放射状的胡须，下面还整齐地垂着一列鬃毛，全都闪着荧光，风姿妖娆地摆动着……

它接触到机械臂，立即敏锐地缠绕上来，两条机械臂都被它缠住了。其他银蛇就像同时收到了发现猎物的消息，一拥而上，向“好奇者号”的方向伸过来。

这些银蛇越缠越紧，“好奇者号”被这股力量牵制住了，被它们越拉越近。无数闪亮的光斑上下翻飞，晃得宇航员们眼花缭乱。更多条银蛇吸附住“好奇者号”，发力拉扯，就像一双双来自地狱的手，向宇航员们发出了邀请。

“这种生物喷出的液体含有强酸，对我们的船体有伤害！”

“明白，我已采集到DNA样本，大力神，帮助我们摆脱它们！”于明命令道。

“好的！我将使用光刀，你们先闭上眼睛！”

就在他们闭眼的一瞬间，一道刺眼的光将这个世界照得通亮。那些抓住“好奇者号”的银蛇被齐刷刷地切断，残肢断体立刻缩回到洞壁上，剩下的一截截断蛇挂在“好奇者号”的船舱之外，痛苦扭动着。

“好奇者号”的探照灯打在洞壁上，这一刻所有的银蛇似乎都因为受到打击，而吓得一动不动。它们全部紧紧贴在洞壁上，密密麻麻，依然排列成菊花状。而在菊花的中心，隐隐约约出现了一个圆形的轮廓。

“哇，这是什么东西？”于明惊叫道。

那东西就近在眼前，反射出幽绿的光，它的直径有几米，看上去就像一张死人的脸。

那一双凹陷的“瞳仁”是干枯的，或许里边根本没有眼睛，“鼻子”也是塌陷的，但是下边的“嘴”却大张着，成一个圆圆的O型，仿佛随时准备发出呐喊。

“琳达，你判断一下这是什么类型的生物？”大卫合成器发出的声音中略带惊奇。

“我无法判断它属于什么分类，这个生物太怪异了，明显不是善类，我们还是不要招惹它，早点离开这个火山洞窟为好。”琳达说道，饶是她作为宇宙生物学家见多识广，看到这样一个东西，内心也不由得升起了恐惧。

那些银蛇以这张“脸”为圆心，发散在它的周围，就像是它的长发，此刻它们离开了洞壁，微微地来回摇摆着，动作整齐划一，仿佛在重新积蓄着力量。

“我给它起个名字，就叫美杜莎吧！这是我们古希腊神话中蛇发人头的怪物，传说它一睁开眼睛，所到之处，看见它眼睛的人都会被石化。”大卫说道。

“那我祈祷它不要睁开眼睛，再多闭一会吧。”于明一边操纵机械臂向那张“脸”伸去，一边说道，“琳达，你的生物实验室又要来新客人了，希望你喜欢。”

“长得太丑，吓死人了！我可不欢迎！”

“别看它长相丑陋，说不定正是我们要寻找的高智商生物呢。古语说人不可貌相，我记得你也说过不得以貌取人，因为曾经穴居在地球山洞里的原始人也好看不到哪儿去啊！”

面对机械臂和“好奇者号”的靠近，那张“脸”的表情在变化，给人阴晴不定的感觉，满脸枯萎的皱纹都在颤抖，就像一会儿哭一会儿笑，貌似面前这艘外星飞船给它带来了很大的困扰。

机械臂伸向它旁边的一些小生物，在那些虬曲的银蛇长发之间，跑动着很多张小小的“面孔”。这些小东西“脸庞”饱满丰盈，表情显得有些呆萌。它们似乎因为“好奇者号”的出现而受到了惊吓，在圆圆的“脸庞”底下伸出一圈小脚，就像蜘蛛一样在石壁上乱窜，围绕那个“美杜莎”来回攀爬。

“我猜这是它的孩子，琳达，你看它们并不难看。”

在全息视窗之外，探照灯明晃晃地照亮洞壁，这一切都被照得一清二楚。

于明操作机械手果断出击，就在那张“大脸”的旁边抓住几个小“面孔”，不顾它们拼命地挣扎，一个一个地放进捕猎网中。

“大卫老兄，我们可以离开了，再见美杜莎！”

正当大卫驾驶“好奇者号”就要转身离去时，那一双干枯的眼睛突然睁开了，O 型的大嘴又扩大了一圈，形成一个大喇叭，露出里面深不可测的大洞。周围一圈嘴唇在高速颤动，就像对着“好奇者号”愤怒地嘶吼。

“啊！我的头痛又来了！”于明抱紧了头，琳达也蜷曲起身子。

不只是他和琳达又有了强烈的反应，身体像筛糠一样颤抖，面对“美杜莎”的怒吼，就连“好奇者号”都开始振动起来。

“我的造物主！原来就是它发出的超声波！你们坐好，我们可要开走了！”

大卫驾驶“好奇者号”一个急转身，背向“美杜莎”，向火山洞窟中开去。

就在“好奇者号”转身之际，那些银蛇快速出动，出现在“好奇者号”的前方，织成天罗地网。长满胡须的蛇头、光斑闪耀的银鳞和飘摇飞舞的长鬃，将他们离去的方向给封死了。

大卫知道这些银蛇的厉害，趁它们还没有吸附住“好奇者号”，他开启了“好奇者号”前端的钻头并全力加速，嗡嗡的震动声响彻船舱。

血肉之躯怎能抵挡钢铁之刃呢？只见一条条银蛇被飞旋的利刃砍断，船舱外血肉横飞，长鬃和银鳞被绞碎，血污飞散得到处都是，“好奇者号”冲出一条血路，将“美杜莎”和它的蛇发甩在了身后。

“它何必如此激动？我们不就是带走它的几个孩子做研究吗？”

或许因为身后那只“美杜莎”绝望的呼唤，将愤怒的情绪传遍了整个洞窟，激发起所有隐藏在洞壁上的“美杜莎”强烈的回应。它们发出最强的超声波，火山洞窟里的水再度沸腾了。

只见一个巨大的水蒸气气泡追逐着“好奇者号”，伴随它快速的行驶而移动。在“好奇者号”的船壁之外，水流翻滚，白花花的气泡涌动，一股股排山倒海的力量冲击着飞船。

“我们监测到超声波的能量太强大了！是之前的几百倍！引发极强的空化效应！正在破坏这座火山洞窟！有可能

引发火山喷发！熔岩湖正在上升！我们监测到从下方快速升起的高温水流！”朵蕾的声音急促地说道。

屋漏偏逢连夜雨。面对超声波的攻击他们已经难以抵挡，如果再遭遇火山喷发，“好奇者号”的处境就更危险了！

“不要紧张！我正在寻找来时的洞口，加速冲出去，一切就安全了！”大卫一边说道，一边驾驶“好奇者号”摆脱追逐的水蒸气气泡加速前进。

“好奇者号”在火山洞窟里兜着圈子，大卫紧张地寻找着来时的那条通道。难道被坍塌的石头堵死了吗？

“大卫老兄，我在雷达上发现了那个信号源，它刚才与我们擦肩而过！”于明突然说道。

“什么？它在哪儿？”大卫操纵“好奇者号”在水中迅速掉头转回。

“那个信号非常强烈！它此刻并没有移动！似乎停在那个地方了！”

“好奇者号”稍作停留，就落入那个巨大的水蒸气气泡之中，被追逐的超声波波束聚焦。于明和琳达又开始面对超声波“空化效应”的折磨，他俩面部肌肉扭曲，痛苦地痉挛，瘫倒在座椅上。

巨大的能量反复冲击震荡，整座洞窟里山摇地晃，大块的石头从洞顶掉落下来，下方的熔岩湖正在上升，火山即将喷发，形势太危险、太紧迫了，时间还来得及吗？

大卫犹豫了一下，还是毅然决然推动操纵杆驾驶“好奇者号”往回开去。

洞顶似乎马上就要崩塌了，大卫驾驶着“好奇者号”灵活地避让开一块块巨石。水流愈发炙热，即使“好奇者号”内的制冷系统全力开动，也难以阻止飞船内的温度上升，于明和琳达全身被汗水湿透，热得喘不过来气，拼命咬牙忍受着剧痛。

“信号就是从那里发出的！我找到它了！”于明喊道，他的嘴唇在痉挛，浑身瘫软，但仍然坚守着雷达。

“好奇者号”的雷达锁定住一块凸起的巨石，那里盘踞着一只“美杜莎”，体型发育得比洞壁上的那只更为巨大。在激荡的水流中，数千条白花花的银蛇舒展飘摇，看起来就像一簇舒展的巨大菊花。有一部分银蛇蠕动着收缩着，就像握紧的手指，仿佛紧握着什么秘密，而信号就是从那里发出来的。

难道那艘圆盘状飞行物此刻被这只“美杜莎”攥在“手”里？

“大力神！我命令你用光刀切割开它！”大卫说道，冷静地看着这一切，一双深邃的灰色眼睛在钢铁面孔上闪亮。

“不要急不要慌，没问题！”那个轰鸣的声音从飞船的扩音器里响起。

大力神从“好奇者号”的一侧飞近那只“美杜莎”，一道强光从它的机械手上发出，光刀所到之处势如破竹。那些银蛇还没来得及反抗，就已经被齐刷刷斩断，它们因为疼痛而退缩，那个攥紧的东西就要露出来了。

“大力神，小心你的后面！”大卫提醒道。

一部分银蛇发动了偷袭，从后面卷住了大力神。它们数量众多、力量奇大，大力神几个翻转，转眼之间就消失在那团白花花的菊花中间了。

“我要出舱帮助它！”于明挣扎着站起身，左摇右晃，勉强走向他的外星猎手装甲，可是没等他走到，就倒在了琳达的旁边。

“大力神不会有问题的。”大卫紧盯着前方，那一张金属面孔上依然冷峻，没有多余的表情，但从合成器发出的声音中能听出来他略带紧张。

只见那团菊花状生物迅速膨大起来，飞舞的银蛇越扭越快……

就像发生了一场大爆炸，突然之间那团生物就崩溃了，所有的银蛇被崩飞了，天女散花般，一条条消失在炙热奔涌的水流中。“好奇者号”也是船体一震，经受一股猛烈力量的冲击。

“大力神，是你炸毁了它？”大卫问道。

此刻这一架机器人已经从爆炸中心飞出来，回到“好奇者号”的身侧。水流冲刷得飞快，那些生物的残体被迅速冲走了，在那一块大石上留下了一个大坑，以及周围一圈白花花的絮肉。

“当然不是的！“好奇者号”距离太近了，这种情况下我不可能使用炸弹！”

“那只有一个可能了……”

千呼万唤始出来。在全息视窗之外，他们又看到那个圆盘状飞行物，此刻逆着高速流动的水流静止不动，距离很近，任凭“好奇者号”的雷达上上下下反复扫描。

它的大小与“好奇者号”相当，上面一圈的小窗户全都亮着，向下喷出一束蓝幽幽的光……

“它在向我们发送信号，旋律很有规律，我想又是在发送音乐！”朵蕾说道。

“这是在向我们示好还是示威？来而不往非礼也，朵蕾，我们也向它播放音乐。”于明已经爬回副驾驶席，他忍受着剧烈的头痛说道。

“好奇者号”准备了很多音乐。如果在宇宙中遭遇其他外星文明，给它们播放音乐是宇航员们的第一选择。向外星人表明他们遇到的地球人，是一个高雅并且热爱和平的智慧物种，不管有用没用都要这样做。难道眼前这艘飞船上的外星人也是这样想的？

“我猜它们和我们一样没有心情听音乐！因为火山就要喷发，这座洞窟很可能马上就要坍塌了！”朵蕾大声提醒道。

只见那艘外星机器先于“好奇者号”启动，向一个方向驶去，从它的下部喷射出耀眼的强光。

“我们能否跟上它？或许它比我们更了解这颗星球，可以带我们找到出路，离开这里！”于明建议道。

“好的！这是一个好主意！”

于明用雷达锁定那艘外星机器，大卫开动全部马力进行跟踪。此刻洞窟崩塌越来越快，整块的石壁一大片掉落下来，洞底的岩浆向上喷涌，在“好奇者号”周围到处是翻滚的石头和沸腾的气泡，它们被下方的岩浆映亮，红彤彤，乱哄哄。

“好奇者号”非常艰难地行驶着，那艘圆盘状飞行物的速度要远远快于“好奇者号”。不过它似乎不想落下“好奇者号”，每当拉开距离，它的速度就会放慢下来。

飞船里的温度上升到 70 摄氏度，于明和琳达已经无法抵挡，就要进入半昏迷状态，好在半机械半人类的大卫因为特殊的身体，并未受到高温的影响，他驾驶“好奇者号”左冲右突，艰难地追踪那艘外星机器，向前方驶去。

那艘外星机器在一处石壁前停下了，“好奇者号”随后赶到。在探照灯的强力扫射中，大卫看到在石壁上聚集着大大小小的“美杜莎”，远处还有更多“美杜莎”向这里爬来，它们似乎在寻找什么东西，像热锅上的蚂蚁一般转来转去。

“我猜这里原来有个洞口，这些生物想从这里逃出去，不过现在洞口被封死了。”大卫说道，不管此刻陷入半昏迷状态的于明能否听见。

“不要怕，不要慌！我可以发射导弹炸开它！”大力神的声音响起，它紧跟着“好奇者号”。身后山摇地晃翻滚沸腾，整个洞窟已经坍塌了大半。身下岩浆湖在上升，热气蒸腾，一大片灿烂的红光在不断地迫近。

“好的，大力神，看你的了！”

还未等大力神采取行动，从那艘圆盘状飞行物中射出一道蓝幽幽的光，照在石壁上。那束光竟然高速旋转起来，片刻之间出现奇迹，一个巨大的洞口就出现了。

那艘外星机器在洞口一闪就不见了，高温高压的水流，飞快地向外奔泻，裹挟着“好奇者号”、大力神和洞窟里的“美杜莎”们，向洞外的世界喷涌而出。

身后的岩浆已经漫上来了，大力神紧追着“好奇者号”冲出了洞窟，熔岩四处流淌。“好奇者号”刚驶出洞窟，整座山体就发生了剧烈的爆炸，又一次火山大爆发开始了！

8. 遗落的城堡

在遥远的外太空，有一艘宇宙飞船围绕着一颗粉红色星球旋转。

飞船的表面完全是黑色的，是那种可以吸收一切星光的黑色，这让它一点反光都没有。它的质量又是如此巨大，大到就连星光经过它的周围都变得弯曲了，以至于在群星的背景上完全隐身，除非你捕捉到它背后微小的星象变化，才有可能发现它。

在黑暗的宇宙飞船内，只有一个老人在舱室与走廊间游走。此刻不需要灯光，他脚不沾地，飘在半空，自身就是一团红色半透明的光影。鹰钩鼻、秃顶、眼窝深陷、满脸皱纹，活像一个苍老的幽灵。

此刻在他的周围，布满晶体的金属墙壁上，有一圈圈的光点闪闪烁烁、亮亮停停，就像是一个人工大脑，在睡梦中也没有停止思考。

“达尔文老师！”突然有信号接入宇宙飞船，惊醒了这个梦游的老人。

“我们在玫瑰星上遭遇了其他宇宙文明，在深海之底发现了一个圆盘状飞行物，我们尝试与它联络，但并未获得回应，其科技水平或许远在我们地球人之上。请您扫描玫瑰星的外层空间，看是否能发现隐藏在太空的外星飞船母船。”

“好的，我会注意的，”那个老人回答，“与未知外星文明接触，你们的行动一定要多加小心。根据我的经验，如果科技水平相差太悬殊，你们有可能成为外星文明捕猎和研究的对象。‘好奇者号’的运行状况如何？你们找到那种可以使用工具和语言文字的智慧生物了吗？”

““好奇者号”的运行状态良好，我们跟踪那个圆盘状飞行物进入了一片海底平原。这里的物种非常丰富，生存着数量众多的奇异生物。我们发现这里很多种生物都很聪明，有着复杂的神经系统，这个世界就像史前的地球，虽然还没有找到那种可以使用工具和语言文字的智慧生物，但只要它们没有灭绝，我相信找到它们将为期不远。”

“好的，注意安全，祝你们成功！”

此刻在老人身前的大屏幕上，深海遨游的景象，随着量子通信被同步传回来。

光芒四射的数盏探照灯摇曳炫目，刺穿亘古黑暗的深深海洋。

“好奇者号”就像一条银色的大鱼，缓缓驶过这一处原始而神秘的世界。在它的下方，无数朵“海葵花”钻出淤泥迎光起舞，它们挥动色彩斑斓的花瓣状触手，用热烈的欢呼迎接这些来自宇宙另一端的外星游客。

地火温柔，一条火焰之河将大地深深割裂，翻滚着冒泡的岩浆，隐蔽在深深的谷底，从星球的深处带来热力，供给热液生物生存需要的营养物质。

海底经常出现巨大的骨骼，散落在海沙或淤泥中，每个都有“好奇者号”的几倍大，似乎都被啃得非常干净，光溜溜，在探照灯下反射出惨白的光。看着这些庞大如山的遗骸，宇航员们感到困惑，不知道这意味着什么。

就在前方，那个圆盘状飞行物不紧不慢，始终与“好奇者号”保持着一段距离，让“好奇者号”丢不掉也追不上，它的意图究竟是什么？是好是坏？莫非它也在考察“好奇者号”？还是要将“好奇者号”引向什么地方？

于明用无线电波拼命播放着音乐，从目录的A一直播放到Z。那个外星机器同样以热烈的旋律作出回应，在这个神秘的空间里，两个不同的宇宙文明就这样一唱一和。但宇航员们无法破译对方要传达什么，只是感觉那些旋律如此神秘和奇妙。

守护者与造物主文明有什么关系？它们对于地球人抱有善意还是恶意？于明相信大卫一定知道更多，甚至认为他在执行某种与守护者有关的秘密任务。他不停地和大卫搭讪交流，但从大卫那张守口如瓶的嘴中却再无法套出什么。

“你猜我看到了什么？真是活见鬼了！”正当“好奇者号”航行在这处海底平原之上时，大卫的一声惊呼，将才吃过工作餐、正在小憩的于明和琳达惊醒了。

于明立刻回到驾驶席，摇曳的探照灯光束聚焦在下方的深海平原，他将图像进行了放大处理，海底的景象被清晰地投影在全息视窗上。

那里的海底一片狼藉，就像刚经历过一场风暴的破坏，被翻了一个底朝天。只见“海葵花”横七竖八倒伏着，仿佛被巨大的力量折断和摧残，整个一大片都死去了，残肢断体飞散得到处都是。

就在这一片狼藉场面的中心，赫然出现了一大堆东西，它们是白色的，在探照灯下那样显眼，一块块一截截，横七竖八，或断裂或倒塌，很像是一个大型建筑群的废墟。

光束扫到之处，他们看到一截截的圆柱体四分五裂，或折断或扭曲。但在保存尚好的外表面分布着一排排的洞口，大小一致，排列规整，就像是一排排整齐的门或窗……

“我相信那绝对不是天然形成，而是某种生物建造出来的。”大卫语气肯定地说道。

“你们看到那个尖顶的部分了吗？”琳达用手指着图像，“裂口都是吻合的，如果将它和倒在旁边的圆柱体拼接还原，应该是一座圆柱形尖顶的城堡。”

“没错！我想它们在没有倒塌之前应该是一个城堡群，外观一定很漂亮。”于明用想象力还原着这一片残垣断壁。

这是什么生物建造的？它被什么样的力量破坏？宇航员们带着满腹疑问惊奇地看着全息视窗外的景象。远处那个圆盘状飞行物也意外地停了下来，不知道是被这处海底废墟吸引，还是要观察地球人有何举动。

“你们有没有注意到，这片废墟中有许多形状奇怪的石头？”琳达指着一处处被放大的海底图像给大家看。

“我看到了，很像是我们正在寻找的石头工具，难道这片废墟与我们寻找的智慧生物有关系？我们应该出舱去考察一番，希望能有大的发现。”

朵蕾掌控着“好奇者号”，于明、琳达进入外星猎手装甲，大卫拉下黑色眼罩，他们从尾舱离开“好奇者号”，向下方那处海底废墟游去，大力神、小叮咚伴游在他们身侧。

在探照灯光束的扫射中，几束幸存的“海葵花”漂浮着，向他们伸出色彩斑斓的触手，仿佛仰头要向这些从天而降的异星来客诉说什么不幸的遭遇。

“于明，你看一下！”琳达说道。

他俩驱动猎手装甲机器人游在水底，于明就伴游在她的身侧。琳达以灵巧的机械手捡起一块石头观察，在头灯的照耀下，可以看到那块石头边缘很锋利，明显经过了打磨。

“这种石器随处可见，极有可能，这里就是我们要寻找的那种智慧生物的家。”

“这里曾经发生过激烈的战斗。”于明发现了一块巨大的鳞甲，举起来仔细观看。这张鳞甲大得超过外星猎手的身躯，上面有一道裂纹，还镶嵌着一把石刀。“我猜测这座城堡的居民，曾被一种非常凶猛的巨型生物袭击，或许城堡的倒塌，也是因为这个原因。”

“我们应该好好找一找，这里还有没有幸存者。”

大力神保持着高度警戒，开启左臂的脉冲激光刀，明亮得就像炽白的火焰在喷射。它护卫着宇航员沿着这处废墟游了一圈，但是他们没有任何新的发现，整个环境非常安静，除了海葵花，似乎这里没有其他活的生物。

“城堡的主人去了哪里？如果这里发生过战斗，它们遭到了袭击，那么应该有生物遗骸。难道它们被猛兽吃掉，或者全部被劫走了？”琳达发出这样的疑问。

“这个洞口真是太小了，”当他们游到一座海底建筑前，于明用一双机械手测量着一个洞口，说道。

这座海底建筑非常与众不同，它的形状呈圆台形。或许因为它的高度最为低矮的缘故吧，这座圆台建筑是众多城堡中唯一没有倒塌、没有被破坏的。

它的体积大如楼房，上面整齐排列着椭圆形的洞口。每个洞口都很小，还没有人的肩膀宽，即便宇航员不穿外星猎手装甲，以人类的身体也钻不进这样的洞口。

“我估计这种生物的大小与猴子相当，如果它们想在这个星球上成为主宰物种，征服其他的原始生物，建立起自己的优势，我认为它们必须增大体型。”琳达说道。

于明伸头向洞口里边探视。洞口非常之深，黑黝黝的一片，即便他头顶的灯光明亮，也无法照到很远。

“不知道里边有什么，是否还幸存着什么生物，可惜我钻不进去。”

“里边是什么样子，你们真的想知道吗？”一个童声在他们的心里出现。

“小叮咚，这属于你的任务，我命令你钻进去考察，并打开你的视觉共享，让我们看看里边的情况。”于明说道。

“好吧！其实你不说，我也正想进去看看呢。”

小叮咚发光的身体变细变长，轻松地从这个洞口钻了进去。

“洞壁非常光滑，材质坚固，有足够的支撑力。”小叮咚钻进洞口，在里边游走，“里边空间很大，通道四通八达，大部分结构都保持完好，没有受到任何的损坏……”

“太好了，继续向前，希望你有更多的发现。”

小叮咚的眼睛就像一个摄像头，通过它的视觉分享，宇航员们即便停留在外边，也可以看清里边的情况，就像自己钻进去了一样。

“前面有光亮！”小叮咚惊奇的声音传回来。

穿过曲折的通道，经过一个转角，在小叮咚的眼前出现了一片光芒。这是一处比较大的空间，似乎所有的通道都汇聚在这里。他们通过小叮咚的眼睛看到在洞壁之上，挂着一簇簇发光的东西，就像一盏盏壁灯。

“这是一种发光生物！”小叮咚说道，它游近了洞壁。

那些发光的生物展开成圆形，伸出繁茂的枝丫，每一节枝丫的外形都像鹿角，形态优美，熠熠发光，非常明亮，在水流中轻轻摇曳……

“看来这座城堡的主人很喜欢光明，它们一定有视觉。”

于明的眼前被这些光照得亮堂堂的，这些光也映入他的内心，让原本压抑灰暗的心情，在这一刻也变得明亮起来，仿佛被重新注满了希望。

“小叮咚，你去触碰它一下，看看这种发光物可否移动。”琳达遥控指挥道。

小叮咚伸手去触碰其中的一簇发光体，那些伸展的蓬松的枝丫，在轻柔的触碰下并未退缩，反而变得更加坚挺，光线也更加明亮了。它丝毫没有移动，就像植物一般长在洞壁上。

伴随小叮咚的触动，有一缕小光点从发光的枝丫中飞出来，也惊动了其他发光体，带动更多的小光粒飞出来，就像很多只萤火虫飞舞在这处空间，围绕在小叮咚的身边，丝丝缕缕飘飘荡荡，这幅画面如梦如幻、非常美妙……

“这或许是它们的孢子，收集一些吧！”琳达说道。

小叮咚收集了一些光粒。

“小叮咚，你注意一下它们伸出的藤蔓状的东西，我猜想里边流动着电流。”大卫用合成器发出的充满磁性的声音说道。

在每一株圆形的发光生物之下都连接着一根藤蔓，它们并不发光，所以一开始并没有引起大家的注意。在大卫的提醒下，小叮咚靠近一根藤蔓，伸出双手，全神贯注地感应着……

“在里边有发达的神经元纤维，流动着很强的生物电流。”它很快就得出了结论。

“在这个奇异星球的海底世界里，到处都有会放电的生物，我猜想这座城堡的主人如果足够聪明，就会利用生物发电，这相当于地球上的原始人类使用火。”大卫大胆地提出自己的设想。

小叮咚沿着这根藤蔓在墙壁上漂游，宇航员们的视线也随它的移动而移动。在那些墙壁上刻满了神秘的符号与一个个奇怪的图案，很像是某种象形文字，似乎预示着这座建筑不是一般的地方……

突然之间，他们眼前一暗，原来小叮咚似乎觉察到什么，快速远离了发光区域，也收敛了自身的光，跑到一个相对黑暗的角落里隐藏了起来。

发生了什么？他们屏住呼吸，顺着小叮咚的目光望去……

只见一个小小的光球，从一条黑暗的通道里探出头来，它发出的光是黄色的，和周围的光线不一样。只见那个光球在洞口转了几圈，似乎判定环境安全，紧接着一个小生物蹦了出来。

它有六条长长的触手，长在一个大大的头颅之下，触手伸展在水中。腹囊一张一缩，向后喷着水，游动的姿态非常飘逸。头顶上有两只圆圆的眼睛，似乎没有眼睑，所以不会眨动，看上去神情非常呆萌。最引人注目的是头顶上的光球，长在一个长柄的末端，一亮一暗，似乎它可以用心念来控制光亮。

“这个生物的外形很像章鱼啊，向后喷水的姿势也像，不过它自带发光器。”

只见它快速游向一面墙壁，来到那些藤蔓汇聚之处。虽看不清楚它做了什么，但那面墙壁竟然渐渐亮了起来。

奇迹出现了！宇航员们惊愕地睁大眼睛，在那面墙壁上出现了一个发光的形象。

它的大小是这个小生物的十几倍，也有着大得夸张的头颅，上面有三道深深的皱纹。从头颅上垂下六条触手，其中有两条触手交叉，就像在做着什么手势，有一只触手卷起一根长棍状的东西，仿佛紧握着它的权杖。

它的一双大眼睛圆润生动，咧开的嘴角上翘，表情神秘，仿佛在向众人微笑。

那只小生物停在这个形象前，两条触手交叉，和画面中那个形象做着一样的手势，其他触手垂落在身后，身体前倾，目光虔诚，仿佛在顶礼膜拜着……

“这是不可能的，即便它们会使用生物电，也不可能掌握高科技。大卫老兄，你看这个发光的形象是怎么回事？”于明在通信中悄悄请教大卫。

“这个发光的形象确实很蹊跷，它是某种科技产物，一定有特殊的来头，我相信这里藏着什么大秘密。”大卫说道。

宇航员们满怀好奇地看着这一幕，在无线通信里继续讨论着。

透过小叮咚的眼睛，他们看到里边的环境发生了某种变化——那些长在墙壁上的发光生物似乎受到了扰动，纷纷扬扬的光粒从鹿角状的枝丫上一团团飞出来。

那只小生物转过身来，用大眼睛警惕地环视着周围，目光似乎非常不安，身前做交叉手势的一对触手已经放下，头顶的光球微微颤抖，透露出它内心的躁动。

难道是藏在角落里的小叮咚被它发现了？此刻小叮咚处于完全透明的隐身状态，是不可能被看到的。

还未等他们看清楚，有几个黑影突然从不同的洞口冲出来，向悬停在洞壁前的那只小生物扑去，速度奇快，有如离弦之箭！

那只小生物立刻启动，向后喷水，在这处空间里四处逃窜。

虽然它的速度不慢，但那几个捕猎者的速度更快。它们显然有备而来，总是堵住它逃跑的道路，逼迫它往回跑。

包围圈在缩小，说时迟那时快，它的一只触手被捕猎者咬住了。

不等它挣脱，其他几个捕猎者已经一拥而上，咬住了它的触手和身体。

借助于四壁雪白的荧光，宇航员们终于看清那几个捕猎者的相貌：它们外形很像蜥蜴，全身覆盖着色彩斑斓的花纹，有着健壮有力的四肢，摆动有力的尾巴游水，虽然体型不大，但看似非常凶悍，正张开嘴巴，用锋牙利齿咬住那只小生物。

那只小生物还在拼命地挣扎，试图摆脱出来，直到它被咬住了长柄，一动也不能动，才终于放弃了，大大的眼睛中满是惊恐和绝望，看上去极度可怜和哀伤。

“快去救救它吧！它就要被咬死了！”琳达大声命令道，她动了恻隐之心。

她的话音未落，小叮咚已经向前冲去，同时它的身体显形，一瞬间迸发出炫丽的光芒。

它成功吸引了那几个捕猎者的注意，但它们并没有被吓跑，而是松开嘴里的猎物，扭头愣愣地看着冲到眼前的这个发光体。

小叮咚瞬间变幻了形象：大大的头颅，明亮的头灯，头上还有三道深深的皱纹，两只触手在身前交叉，一只触手高举长棍仿似权杖。它变得和那面墙壁上的画像一模一样。

不过这几个捕猎者似乎没有感觉到什么异样，它们就像发现了新的猎物，放下已到口的小生物向小叮咚扑来。

未等它们扑上身，只见小叮咚挥舞权杖，神力出现了。

那几个捕猎者突然变得僵立不动，从水中直直地掉了下去，它们的身体失去了控制，在水底剧烈地抽搐着，仿佛在承受着痛苦的电击。

那只受伤的小生物用大眼睛看着这一切，看着那个发光体向自己游来，用触手抱起了自己，这一刻它忘记了全身的伤痛，目光从犹疑惊恐，变成了满满的崇拜和感激……

“它受到了惊吓，晕过去了。”小叮咚抱着它说道。

“非常好，这个生物非常有研究价值，将它带出来吧。”

“宇航员们注意！请立刻返回‘好奇者号’，或者立刻就近躲避！附近发现危险生物！正在向‘好奇者号’的方向快速袭来！”

大卫、于明和琳达正躲在这处海底建筑之外通过小叮咚的眼睛看着城堡里的景象，朵蕾急切的警告声突然从通信耳机里传来。

9. 苍鳐之战

“朵蕾！你发现了什么？立刻将我们的通信切换进全息视窗系统！”

于明有些着急，此刻“好奇者号”在他们上方大约100米处游弋，小叮咚还在海底城堡里边，他们以最快速度赶回去也需要时间。

“它们的移动速度非常快！超出想象得快！你们看！”

朵蕾将宇航员们的通信接入“好奇者号”，进行视觉与雷达扫描分享，这样他们就能看到和全息视窗一样清晰的景象。

只见远处黑压压的一大片，好像有一群大鸟结队飞来，它们扑动着双翼，快速地掠过深海的水域空间，估计很快就会到达，他们想回到“好奇者号”已经来不及了。

奇怪的是在那一片黑影飞来的方向，他们看到了那个神秘的圆盘状飞行物。只见它在远处闪烁了一会，不知道发生了什么，就隐藏在那一片黑影之后不见了。

“朵蕾，关掉‘好奇者号’的探照灯，降低高度，到海底隐藏起来，不要被它们发现！”于明命令道。

通过雷达测量和估算，目标生物的体型巨大，但它们的动作看上去一点都不笨拙，速度竟然可以如此之快，这意味着它们极有力量，也可能更具攻击性。

“好奇者号”关闭了灯光，降低了高度，向海底驶来，企图在这一片海底废墟中隐蔽……

转眼之间，那群生物已来到城堡废墟的上空，它们快速游动产生的激波如大风刮过，将海底残存的海葵花卷得飞了起来。

它们转了一圈又游了回来，在这一片海底的上方盘旋，就像是要寻找什么……

借助于加强视觉和雷达扫描，宇航员们可以看得一清二楚：它们的数量有十几只，伸展开长长的双翼，像鹞鹰一样在上方翱翔，体型巨大，姿态优美。再仔细看去，它们有着三角形的脑袋，外形像喙一般的尖嘴，一条像鞭子一样摇摆的长尾，全身披挂着盾牌状的鳞甲。

“琳达，你判断这是一种什么类型的生物？”他们藏在海底废墟之下，以无线通信系统来交谈。大卫还不自觉地压低了声音，合成器发出的磁性声音更显怪异。

“它们的游动姿势很像古地球上的鳐鱼，一双胸鳍进化成发达的肉翼，以飞翔的姿态游动，就像鱼群中的鸟类，在这样低重力的海洋环境中才演化出如此巨大的身躯。”

“它们可以发出声呐信号，‘好奇者号’被声呐锁定了，天啊，我明白了，原来它们寻找的目标就是我们！”耳机里传来朵蕾警觉的声音。

那些生物以声呐探测到“好奇者号”，先是飞升，然后俯冲，以极快的速度向“好奇者号”冲来。

其中有一只冲得最低，它用长尾卷住了“好奇者号”，鼓动双翼腾空而起。那群生物以它为首，伴随它一起飞腾，“好奇者号”在它的控制之下就像一个轻巧的玩具。

“朵蕾！全力开动引擎！一定要摆脱出来！”于明躲在城堡的废墟之下，向“好奇者号”发送着指令。

“我已经全力开动引擎！可是挣脱不开，这种生物的力量太强大了！”

这些生物为何要攻击“好奇者号”？它们要把“好奇者号”带往何方？“好奇者号”上的水、食物和充足的氧气供应，是宇航员们万万不能失去的。眼看它就要被这群巨型生物卷起飞走，怎么办？于明的额头急得冒汗。

“不要怕，不要慌！还有我！大力神请求立刻出击！”一个轰鸣的声音在他的耳畔响起。

“好的！我允许你立刻出击！但不得使用重武器，只可以吓跑它们，不要伤害它们！”于明同意了大力神的请战。

一道明亮的光线从大力神身上发出，一瞬间照得它像火焰一样明亮。大力神手擎激光脉冲刀，一个加速从海底飞了起来，向空中的那群长翼巨兽冲了过去，挡住为首的卷住“好奇者号”的那只巨兽。

那些生物的身躯大如恐龙，大力神与之相比实在是太小了，以至于它甫一出现，那些怪兽根本就没有看见它。但是激光脉冲刀的威力强大，大力神擎着光刀杀进怪兽群，一片片巨大的鳞甲从上空纷纷掉落，就如天上下起了巨大的雪花！

那些长翼巨兽感觉到了疼痛，开始正视眼前这个小小的发光物，使用锋利的喙轮番攻击大力神。它们皮糙肉厚，个个力大无穷，占据绝对的身体优势，一点都不害怕大力神。

只见十几团黑云上下翻飞，海水被扑腾得异常浑浊！战斗进行得异常激烈，大力神与这些长翼巨兽搅在一起，从半空中打到海底，又从海底打回到半空中。

光刀在浑浊的海水中能量衰减，只能攻击很短的距离，威力大不如前。那些长翼巨兽很快就发现了这个弱点，它们的动作异常灵活，躲避开光刀攻击大力神。

“那个大家伙要带着‘好奇者号’离开！”琳达喊道。

眼见大力神陷入群兽的纠缠，寡不敌众，落入下风，那只卷住“好奇者号”的长翼巨兽从战团中脱身，它昂起三角形的头颅，扑动一双长长的肉翼，就要展翅先行飞离。

“我去助大力神一臂之力！”于明挺身而出。

“还有我！”大卫也发出怒吼。

“我也加入！我们不能失去‘好奇者号’！”在这紧要关头，琳达的声音显得尖锐。

于明驱动外星猎手装甲，开动引擎亮出光刀，向那只长翼巨兽疾驰而去，琳达和大卫紧随其后。

这只长翼巨兽在所有怪兽中体型最大。当两架外星猎手机器人和一个金属人出现在它眼前，挡住它的去路，亮出明晃晃的光刀时，它似乎被吓了一跳，向后退缩一下。

但它并未扔掉“好奇者号”，仍是紧抓不放，发出一声长鸣，双翼回旋，以一敌三，以锋利的喙疯狂地攻击面前的三个敌人。

或许因为听到它的召唤，其他长翼巨兽放弃了大力神，游到它的身边，组成了新的战局。

大力神紧随而来，三个武装机器人与一个体型稍小的金属人并肩，手擎明亮的光刀与这群长翼巨兽展开了恶战。

明晃晃的光刀飞舞，杀进杀出，削落一片片巨大的鳞甲。机器人一方人多起来，变得强大。那些长翼巨兽有些承受不住，但它们极其顽强，凭借庞大的身体、绝对的力量和锋利的喙，继续与机器人战队周旋。

这场战斗打得天昏地暗、难解难分。怪兽和机器人纠缠成一团，一时无法分出胜负。

“我们应该集中攻击那只为首的怪兽，让它放下‘好奇者号’！”

于明和琳达联手，两道强光刺向最大的那只长翼巨兽，穿透坚韧的鳞甲刺进了它的身体。

那只巨兽似乎杀红了眼睛，彻底被激怒了。在剧痛之下它没有躲藏，反而疾冲向前，以一双肉翼卷住两架外星猎手机器人，急速地向海底俯冲、急坠而去。

于明在猎手装甲里感觉到天旋地转，耳膜里充斥着咔咔巨响，那只巨兽发现用一双肉翼无法碾碎机器人，就奋力挥动双翼，将两架机器人飞掷向海底。

于明垂直坠落，重重摔在海底，巨大的冲击力在一瞬间让他晕了过去。

“琳达，你的情况怎样？！”

当他回过神来立刻呼叫琳达，可是他没有听到回音。

难道琳达的猎手装甲被摔坏了？她面临生命危险？

想到这一点，于明悚然心惊。他立刻驱动猎手装甲，翻身起来，只见琳达的猎手机器人就摔在他的旁边，巨大的力量让它直直地插在海底一动不动。

那只受伤的巨兽看到于明恢复了活动，再次俯冲下来。另外几只巨兽尾随它扑来，它们气势汹汹、杀气腾腾，一副不消灭对手绝不善罢甘休的样子。

于明立刻腾空而起，伸开双臂挡在前面保护琳达。此刻琳达处于不知死活的危险状态，她不能再承受这些巨兽的攻击了！

说时迟那时快，就在这些长翼巨兽扑下来的时候，一道强光亮起，就像一个防护罩，将他和琳达罩在当中。那些长翼巨兽大张双翼紧急悬停，就像遇到一面镜子，在镜子中看到了什么，突然之间僵直不动了。

于明飞身而出，舞动光刀，攻击那只为首的长翼巨兽。朵蕾也再次启动引擎，"好奇者号"终于从卷住它的长尾中脱离开来。

那些巨兽只僵直了片刻，立刻恢复了行动能力。它们就像遇到什么可怕的东西，似乎非常惊骇，不约而同地急转回旋，飞向高处。

"小叮咚，你对它们做了什么？"看到那些长翼巨兽飞走了，于明掉落下来，忍着浑身的疼痛问道。

"我几乎耗尽了我电池的能量，发出最强的思维波，才勉强影响它们一刻。这些生物太强大，好在它们没有再度发动攻击！”

一个半透明、浑身发光，永远像在微笑的小男孩机器人在海底出现了。

“快帮我看看琳达，她的情况怎样了。”于明急切地说道。

“有猎手装甲的保护，我想她不会有生命危险，”小叮咚立刻漂向另一架外星猎手机器人，并向她张开双臂。

“她没事，我来帮助她苏醒。”

焦急等待的时间，仿佛一个世纪那么漫长。

“发生了什么？我这是在什么地方？”琳达悠悠醒来。

于明听到了她的声音，心中立刻充满了喜悦。

那一架猎手机器人调整姿势，从海底淤泥中挣脱出来。

“你醒来就好！”于明坐在她身边，紧握她的手，虽然是隔着机械装甲紧紧地相握。

“嗯，我没有事。”琳达以温柔的声音回应。

“我要给你们介绍一个新的朋友，它正是你们一直在寻找的答案，”小叮咚说道，“请你快出来吧！”

小叮咚一转身，面向身后的海葵花丛，只见一个奇怪的小生物冒出了头。

首先映入于明和琳达眼中的是一个橙黄色的光球，颤巍巍的，挂在一个长长肉柄的顶端，肉柄之下连着一个圆滚滚的头颅。紫色的皮肤光滑细腻，但上面有几道伤口。头顶上有两只大眼睛，表情看上去呆萌可爱。在头颅之下伸出六条触手用来支撑身体，其中两条抓住海葵花来回摇摆，另有两条紧紧抱着一个石块。

“它的伤势怎么样？”看着那只小生物用懵懂的目光看向自己，琳达问道。

“伤口很多，好在没有致命伤，它的身体组织复原能力极强。”

当那只生物看到于明和琳达向它走来，面对猎手装甲机器人这样的庞然大物，它似乎非常恐惧，头顶的光球簌簌颤抖，立刻掷出触手中的石头，准确地打在猎手机器人的机械装甲之上。

它看到攻击不能阻止他们的靠近，随即放开海葵花，以向后喷水的方式转身就跑。

小叮咚向它飞速游去，抢在它之前，挡住它逃跑的路，然后伸出一只发光的手，抵住它头柄上的光球。那个生物停了下来，身体不住地搏动着。它并没有躲闪，好像很有默契一般，伸长了头柄上的光球，两个发光体在黑暗中交汇于一处。

“你不要害怕，他们是我的朋友，不会伤害你。”小叮咚与那个生物进行心电感应交流。

看到那个生物平静下来，于明和琳达再次向它靠近。这次它没有再逃跑，而是瞪着眼睛，看着眼前的这两个猎手装甲机器人，目光中流露出一丝丝的胆怯和好奇。

于明来到它的跟前，伸出一只机械手指，轻轻地与它的身体触碰，它也伸出两条触手，缠绕住机械手指。通过指尖敏锐的传感器，于明感到它柔软的抚触。

“你好，我叫于明，你叫什么名字？我们现在可以成为朋友了，不是吗？”于明俯下身来，低头靠近它。

那只生物似乎听懂了，它头顶的光球一闪一闪，仿佛做出了肯定的回应。

“它正是我们要寻找的那种智能生物。”小叮咚说道，“这座城堡是它们的家，它们会使用文字，制造石头工具，甚至会利用其他放电生物的电能。它们具有很高的智商，不过这个种族相对太弱小了，它们的家园被毁，自身成为其他凶猛生物的猎物。”

“你有六条长长的触手，我就管你叫六触吧，可以吗？六触你好，我叫琳达！”琳达也向这只小生物伸出了机械手，他们友好地触碰，轻柔地握了一握。

“它非常有科学研究价值，我们带它回‘好奇者号’，”琳达说道。

“好的，我们走吧，大卫老兄——”于明喊了一声。

没有回应。

于明环视了一圈，他突然警觉地发现，那个最熟悉又偶尔感到陌生的人，此刻并不在自己的身边！

“大卫老兄——我们该走了！”他又喊了一声。

可是还是没有回答。

“大卫——你在哪里？”琳达也着急地喊道。

“朵蕾！大卫回到飞船了吗？”于明立即与“好奇者号”建立了通信。

“没有！他不是一直与你们在一起吗？”

朵蕾的回答让他们心中一惊……

10. 神秘的生命谷

六触饱饱地吃了一顿。在“好奇者号”的生物实验箱里，别说用工具打碎玻璃，或者钻进瓶子吃到里边的东西再钻出来，即便拧开盖子再原封不动地拧上，对于它灵巧的触手来说都易如反掌，这些简单的事情对于它来说简直不需要思考。

当下很让它费脑筋的是关于“神”的形态。

就如神话传说中的故事一样，当它遇到危险，它的神灵终于在它祈祷后现身，以神力制服了猛兽泥虎，它也看见神和它的朋友们打败了不可战胜的巨兽苍鳐，但它不明白神的形态为什么会如此多变，转瞬之间就可以从一种形态变成另一种形态。

它清楚地知道自己被带入了神殿，随它在空中飞行。那些神的朋友高大而笨拙，以两只粗壮的触手支撑在地面上行走。他们都是真实的存在，但和自己生活在完全不同的空间，这和祖先流传下来的故事不一样，莫非那些关于神的典籍，从此以后都将要改写?

今天神又和它来交谈，不是用语言，而是用“心”。神的声音直接出现在它的心灵里，它们交流起来毫无障碍，神为什么要对苍鳐感兴趣？它告诉了神生命谷在哪里，那里不仅有苍鳐的巢穴，是苍鳐族的大本营，还有神山圣河，以及关于邪灵的古老传说……

难道神和它的朋友们要再次挑战苍鳐？他们胆敢惊动守卫神山的鳐后？他们不害怕神山里会吃人的邪灵？六触吃饱后就不停地思考着这些问题……

此刻，于明驾驶着“好奇者号”，在他身边的副驾驶席上空空如也。不见了那个古希腊英俊面庞，以及那具浑身熠熠发光的金属身躯，他感到心里空荡荡的——他从来没有感到这样的失落。

琳达从他的身后走了过来，来到他的身边，坐在副驾驶席，将自己的手放在他的手上，两只手一只粗壮一只纤细，上下交叠在一起。

“于明，你不要太难过，大卫不会有事的。”琳达安慰他。

“我怎么会不难过？他失踪了，不知生死，对我们的通信呼叫毫无回应，你知道我们只剩下 6 个小时吗？超过这个时限，他随身携带的氧气就会耗尽，大脑将因为缺氧而必死无疑，那时即便是你和达尔文一起努力也救不活他！”

“我知道，我和你一样着急，我们在海底搜索不到他，他一定是被六触称作苍鳐的那种长翼巨兽抓走了。”琳达说道，“现在六触做我们的向导，带我们去苍鳐的巢穴，相信我们很快就会找到他。”

在全息视窗之外，随着“好奇者号”的高速行驶，瑰丽而阴森的风景迎面扑来。

这就是六触所说的生命谷吧？他俩之前从未在这颗星球上见过如此宽阔的海底大裂谷。

于明和琳达将目光投向前方——一条宽阔的火焰之河，发出暗红色的光辉，在大裂谷的底部缓缓流淌。在火河的两岸，飘摇着茂密的海葵花，姹紫嫣红非常好看。散落着的巨大生物骨骼，在“好奇者号”的探照灯下反射出惨白的光。

火河的两侧是直立高耸的悬崖，绵延无尽。不时有巨大的生物，从悬崖上翩翩飞出。它们鼓动长长的双翼，姿态优美，就像大鸟一样穿越峡谷，飞快地从火河上掠过。

在悬崖的边缘，扭动着一丛丛的长蛇。它们飘来曳去，动作整齐，就像在陶醉地跳着集体舞蹈，远远看去，又像是一丛丛随风摇摆的羽毛。

或许亿万年来，这个世界就是这样幽静。

然而这份旷古幽静，此刻就要被打破，这里将要面临一场狂暴的腥风血雨！因为宇航员们商定，为了救出大卫，他们不惜使用任何武力，大力神也被授予了无限开火权！

于明驾驶“好奇者号”进入这条海底大裂谷。

“大卫，你在哪里——”他们不停地用无线通信呼唤着。

在火河的两岸，生物的遗骨越来越多。

它们体型巨大，个个都大过“好奇者号”，全都被啃得光溜溜的，发出阴森惨白的光，于明依稀可以分辨出某些是巨蛇的骨骼。他还看到一个干瘪的气球形状的巨大身躯，倾覆在大地上，那应该是云水母的遗骸。

如果它们都曾是苍鳐的猎物，那么距离苍鳐的巢穴应该越来越近了。

借助于堆积在火河之岸的巨大遗骨的掩护，于明驾驶“好奇者号”贴近谷底前进。

一只只苍鳐从他们的头顶高高地飞过，来来往往。有的用尾巴卷住猎物，展开双翼，向前方翩翩而去，并没有发现他们。

有一队云水母在上方漂游，发着白色的荧光，被他们追上并甩在身后。看来这条地壳大裂谷是生命聚集之地，各种各样的奇怪生物越来越多。

“我们接收到一个信号，来自大卫！”朵蕾说道，她一直在仪器前监控着周围的环境，“很奇怪，在他的周围还有别的声音！”

“大卫真的在这里？快放给我听听！”于明的内心突然欣喜若狂！

这个信号只是一闪而过，很快就消失了，但在一瞬间被“好奇者号”捕捉到，朵蕾立刻给于明回放——

一个合成器发出的声音，这个声音只属于大卫，他似乎在急促地和别人说着话，也可能是自言自语。他的语气有些歇斯底里，显得非常激动、非常着急，这和平常的大卫完全不一样。

“是的！这是大卫的声音！大卫老兄，你在哪里？快回答我！”于明立刻呼叫。

可是那个信号稍纵即逝，他们再没有收到任何的回应。

“于明，你注意听那个背景声音，”琳达再次将“好奇者号”一瞬间收到的信号回放。

这回于明听清楚了，那背景声音是旋律！回旋往复，悠远空旷，仿佛要传达什么神秘的信息，正是那个神秘圆盘状飞行物发出的，“好奇者号”曾在海底追踪过它。

大卫在做什么？难道他和外星文明在一起？

“我们能接收到大卫的信号，说明他就在附近。不管前方有什么，是刀山还是火海，我都要勇往直前，把他救出来！”于明坚决地说。

“好奇者号”越过一座小山般高大的兽骨，透过全息视窗系统，一个奇妙的景象清晰地出现在他们的面前——

宽阔的火河在峡谷的中间流淌，发出暗红的光，映亮了海水，将这个世界映得红彤彤的。在火河一侧的河岸，有一座庞大的圆环形建筑，看上去就像一个鸟巢状的山寨，一节节骨头清晰可见，反射出明亮的光，原来那是用无数条巨蛇的骨骼编织出来的。

这座以蛇骨编织的巨大巢穴结构松散，表面千疮百孔。有一些生物像蚂蚁一般爬上爬下，不知道在忙些什么。而在这座圆环形山寨的上方，苍鳐就像密集的蜂群，在那里飞来飞去。

在鸟巢状山寨的中间，宇航员们看到了更加不可思议的东西。

那里露出一个三角形的尖顶，棱角分明，非常规整，应该是一座巨大四棱锥建筑的顶部，那不像是天然形成的，而像是人工建造的产物。

“这里怎么会出现金字塔？它不应该属于这个星球！”琳达说道，语气中流露出极度的惊恐。

发光的火河，宽阔的河岸，用巨大蛇骨编织出来的巢穴，神秘的金字塔，这一幕让人感到既神秘又恐怖。

“小叮咚，你和六触沟通一下，这座金字塔有什么来头。”于明突然想起这里还有一个向导。

“这就是神山，自古以来就存在。在祖先留下来的传说中，它是古老邪灵的驻足之地。这个邪灵来自另一个世界，可以穿梭时空，它控制苍鳐族成为它的奴隶，鳐后就镇守在神山前，苍鳐捕捉到的新奇猎物都会送进神山给邪灵享用。”

“大卫的信号又出现了，这回信号比较强烈，也比较稳定！”朵蕾说道。她又监测到了大卫的信号。

“太好了！朵蕾，立刻根据信号，对他所在的位置进行定位！”

“好的！监测反馈的结果是他就在前方，方位就在那座金字塔的方向！”

“苍鳐捕捉到的新奇猎物，都会送进神山给邪灵享用，难道大卫被抓进了这座金字塔里？”

“琳达，我们没时间想那么多了，”于明深情地看了她一眼，“这里很危险，你和朵蕾掌控‘好奇者号’，留在这里隐蔽起来，千万不要被苍鳐发现，我和大力神、小叮咚进入这座巢穴，去金字塔中寻找大卫。”

“不！绝不！我绝不留在这里！难道你以为我是贪生怕死之人？”琳达突然发起火来，“我有猎手装甲机器人，我会使用武器。我要和你共同面对危险，并肩战斗！多一个人就多一份力量，我要和你一起去营救大卫！”

“我不想再让你经历任何危险，我们也需要有人留下来掌控飞船……”

“让朵蕾留下来吧，她没有猎手装甲这样强大的武器，我们也需要她驾驶‘好奇者号’，为我们提供预警和接应。”

“好吧，就这样吧。朵蕾，你留下来。”

“于明、琳达，我们做一个约定。”朵蕾那张俊俏的巧克力色面孔上表情严肃，“外星猎手装甲的氧气供应量只有5个小时，如果超过4个小时，你们还不能将大卫带出来，我将弃船去寻找你们，或许‘好奇者号’将永远不能返航了，因为没有人类宇航员生还的返航毫无意义。”

“你们不要担心，不要怕，不要慌，这次我有绝对的开火权，将大开杀戒，绝对不会再客气！看我用导弹来轰击它们！”大力神轰鸣的声音在船舱里响起，同时传来金属碰撞的声音。

于明和琳达进入外星猎手装甲，变身为全副武装的机器人，与大力神、小叮咚和六触离开“好奇者号”，朵蕾驾驶“好奇者号”为他们提供通信支持和雷达预警。

六触就吸附在于明所驾驶的猎手机器人的肩头，于明载着它前进。他们沿着宽阔的谷底前行，悄悄地游近那座鸟巢状的巨大建筑，靠近它的底部。在他们头顶上很多只苍鳐就像蜂群一样来来去去，在巢穴的上方盘旋飞舞。

“这些苍鳐是猛兽，我们尽量不要去惊动它们，否则会带来很大的麻烦。我看看能否找到一条通道，从下方穿过巢穴。”于明说道。

以巨大蛇骨编织出的巢穴结构松散，有很多的缝隙。他们看到那些形状类似于蚂蚁的生物，用四肢上下攀爬，搬运火山泥以修葺和填补这些缝隙。它们似乎并无攻击性，对于宇航员的靠近视若无睹，依然在勤奋忙碌地工作着。

于明很快找到一条通道，他们立刻闪身进去。

即便对于大力神或者猎手装甲机器人这样高大的身躯，这条通道也是太大了。

宇航员们打开头灯，只见上下左右都是阴森森的白骨，这些白骨呈锁链状，就像脚手架一样搭建和支撑起周围的空间。

“大家小心，我们要行动一致，绝对不要分开。”

宇航员们排成一列，大力神走在最前面，踩着一条看不到头、蜿蜒向前的巨大蛇骨，艰难曲折地向前行走。

周围支撑起空间的巨蛇骨骼，一道道一条条，错综复杂地交织，变得越来越密集。栖息在这里的生物也越来越多，他们大多数都能发出彩色的荧光，且颜色和大小各不相同，花花绿绿，五光十色。

有一只发出蓝色荧光的猴脸螃蟹盘踞在前方，好奇地看着这些天外来客。它伸出一对大钳子，似乎要拦截他们较量一番。但当大力神亮出激光脉冲刀时，它吓得沿骨架一溜烟跑了。

在这些如脚手架般纵横交错的骨骼丛林里，出现了一些绿色的发光物。它们呈椭圆形，几乎一般大小，以一根丝带悬垂在骨架之下，越来越多，就像某种生物的卵。

于明用光线照进一个椭圆形的物体，他和琳达仔细观察，从里边映出一个轮廓，已经有双翼的形状，弯曲的长尾，那个渐成雏形的影子蜷缩在里边，身体还在轻微地跳动着……

“似乎有什么东西包围了我们。”当他们跃上另一根蜿蜒的骨架加速行走时，琳达突然说道。

“我也听到了，从水中传来窸窸窣窣的声音，似乎有很多很多，它们由远而近，向我们围拢过来。”于明看向四周，用头灯四处照射。由于密集交织的骨架阻挡了光线，他们并不能看得很远。

前方垂下一根巨大的骨索，挡在他们必经的路上。大力神走在最前面，它突然抽出光刀，快速地上下挥舞。只见一长溜的什么东西沿着那条骨索滑下来，它们还未来得及扑倒大力神，就已经被砍得身首异处，四分五裂。

就像发动了进攻的信号，从那些横七竖八的巨大骨架之后，突然闪出来很多的奇怪生物，从四面八方向宇航员扑来。它们的个体并不大，扭动粗壮的尾巴游水，张开布满锋利牙齿的大嘴，一身色彩斑斓的花纹令人眼花缭乱。

“原来是泥虎！”琳达说道，这种生物曾在那处海底城堡的废墟中，袭击过六触和小叮咚。

“我俩背靠背防御！”于明大声提醒。

于明和琳达背靠在一起，亮出了光刀，他们快速挥舞，合成一个密不透风的大圆圈，那些泥虎根本无法攻进来，一头头被斩落于光刀之下，落入下方的泥沼中，转瞬间就被吞没。

“这样拖延下去不行，我们快没有时间了！”

于明有些着急，更多的泥虎从四面八方奔来，似乎斩不尽杀不绝。虽然它们对于身在猎手装甲机器人之内的宇航员构不成威胁，但也阻止了他们的前进，让他们寸步难行。

“泥虎的数量太多了，我不能同时控制这么多生物！”于明看到小叮咚也在拼命战斗，在它身前很多泥虎还未等扑上就已僵立坠落，但它们轮番冲击，一波又一波蜂拥而来，形成了一场消耗战！

“不要急，不要慌！我来想办法！”耳畔传来大力神轰呜的声音。

几道明亮的闪光过后，在那些巨大骨架的连接处发生了爆炸。原来大力神发射了微型导弹，那些骨架正是泥虎奔袭而来的通道！微型导弹威力巨大，那一群泥虎被炸开了花。

这暂时阻止了它们的进攻，宇航员们得以喘息，抓紧沿着这条骨架向前跑去。

突然，于明感到脚下一沉，脚下的这根骨骼正在断裂坍塌！

或许因为众多泥虎的轮番冲击，以及导弹爆炸威力的破坏，不只是这一根骨骼，整个骨架都在下沉！

就在下方的海底淤泥中露出一张张大口，看不清那是什么生物，似乎正在等待一顿丰盛的晚餐！于明突然明白为何那些泥虎掉入泥沼，立刻就被吞没不见了。

于明立刻抓住身边的琳达，启动腿部的推进器向上飞升！

好在那些骨架在水中下沉的速度并不快，他们从容地跃上另一根骨架，继续沿着它向前，向这个巨兽巢穴的深处奔跑。

这座骨架编织的丛林终于到了尽头，被于明、琳达、大力神和小叮咚甩到了身后，他们脱离一根巨蛇的椎骨一跃而出——

这里就是这座鸟巢山寨的内部，借助于高清晰视觉系统，他们看到那座被光映得红彤彤的完整的金字塔，被一圈白骨架起的城墙围在中间。

这座正四棱锥状的金字塔看起来是那么完美，外形规整规模庞大。

经过视觉图像放大之后，只见一块块巨石切割得光滑整齐，镶嵌得严丝合缝，估计连一根针都无法插进去，无法想象它是这颗星球上的生物所建造的，它必定出自某种具有高超工程能力的智慧生命之手。

一只只苍鳐伸展双翼在金字塔的上方盘旋，被远处火河之光映红。而在金字塔前，还蜷伏着一只巨大的生物，它趴在那里，一身鳞甲反射着红光，这幅场景有如梦幻。

“于明，你记不记得在古老地球之上，就有巨大的金字塔？传说是古埃及法老的登天之梯，也有传说那是古代外星人留下的时空之门。”琳达的声音在耳机里响起，她此刻就驾驭着猎手装甲机器人，与他并肩站立。

“我当然记得，在金字塔旁还蜷卧着谜一样的斯芬克斯，但这颗星球距离地球300多光年，我相信它们是完全不同的东西，仅仅是外形很巧合地相似罢了，六触说这个神秘建筑自古就存在，是远古邪灵的驻足之地，我很想听它再说说关于这座金字塔的传说。”

他扭头一看，那只小生物正附着在自己的肩头。只见它用触手上的吸盘紧紧吸在机械装甲的表面，另有两只触手做交叉状放在身前，仿佛对着这座金字塔在做着什么仪式。

“好奇怪啊，它在干什么？”于明向小叮咚问道。

“它在念一句咒语，从它的祖先流传下来的，大意是祈祷不要被抓进神山之中，躲避开邪灵和恶魔的伤害。”

“告诉它不要怕，我们偏要进入神山，去会一会里面的邪灵！”

“大卫！你在金字塔里边吗？可以听到我们的呼叫吗？”琳达向远方的金字塔呼唤道。

11. 星球标本

“大卫！你在哪里？可以听到吗？”于明和琳达急切地呼叫，耳机里依然没有回音。

难道是大卫的氧气已经耗尽，正在面临危险？或者他进入了金字塔的内部，厚厚的石板隔绝了通信？

“时间紧迫，我们必须进入这座金字塔，尽快找到大卫！”于明说道。

他和琳达驱动猎手装甲，他们再次启动，向鸟巢山寨中心的那座金字塔奔去。

海水的阻力太大了，尽管猎手装甲机器人以核能电池驱动，拥有强大的动力，但在这深海之底也无法提升速度，于明心急如焚。

他们一路奔跑，一路在通信中呼唤，但他们的呼叫并非毫无回应。有一只苍鳐发现了他们，从上方盘旋着，扑了下来。它的身体大得简直像天上的云彩，铺天盖地，它探下头挡住宇航员们的去路，用巨喙攻击他们。

三柄光刀同时亮起，迎空对敌。明亮的光线划破这红彤彤的海水，刺入这只巨兽庞大的身体。

苍鳐似乎也感觉到了疼痛，它俯冲之后腾空而起，巨大的尾巴同时扫倒了三位宇航员，让他们在海底滚了几圈才又站起。

从天上掉落数片巨大的鳞甲，就像一个个巨大的盾牌。

那只苍鳐负痛高飞，发出急促的声波。似乎这声波吸引了更多苍鳐的注意，它们从四面八方向这里俯冲过来，一双双巨大的肉翼遮天蔽日，挡住了周围红彤彤的水光。

“救出大卫要紧！我们没空与它们纠缠！”于明拉起琳达，两架猎手机器人又开始奔跑。

“不要怕，不要慌！我来发射导弹解决它们！”大力神轰鸣着说道。

不等那些苍鳐俯冲下来飞临到他们的头顶，几点亮光就在它们的中间爆炸，血肉之躯怎能抵挡导弹的威力？有几只苍鳐被击中，巨大的肉块和残肢断翼从上方纷纷掉落下来。

这也只是暂缓了它们的进攻。于明拉着琳达，两架猎手机器人向那座金字塔跑去，好在越接近那座金字塔，地面就变得愈发平坦，愈发坚硬，这使他们的速度大大增加。

大力神紧跟在他们的后面，不时发射微型导弹，击中那些凌空俯冲下来的苍鳐，阻止它们飞临和靠近。一只只庞然大物在空中被炸得四分五裂，飘飘荡荡坠落海底。

火河的光辉映红了海水，照亮了整个海底世界，更照亮了眼前这座大金字塔，于明和琳达终于跑到它的一隅之下。

只见它就像一座大山一样雄伟，表面就像镜子般平整光滑，呈 60 度角倾斜向上，反射出来自四面八方的火红之光。

“于明，告诉你一个好消息！大卫的信号又出现了！”琳达又收到了大卫的讯息。

“大卫！你在哪里？我们已经来到了一座金字塔之下！”于明立刻呼叫道。

“我就在金字塔里，你们不要进来，这里……”大卫的信号非常微弱，不等说完就又消失了。

“大卫！里边有什么？你的情况怎样？快回答！我们一定要把你救出来！”于明不停地呼唤，大卫就在这座金字塔里！可是门在哪里？他们该怎样进入这座金字塔？

“我们必须尽快找到这座金字塔的入口！”琳达说道。

这座大金字塔的基线是一条笔直的直线，于明和琳达沿着这条基线奔跑，海水的阻力极大，但幸好地面已是坚硬的石头，有利于猎手装甲机器人的发力。大力神紧跟在他们的后面，随时准备对尾随而来的苍鳐进行反击。

跑在前面的两架猎手装甲机器人突然停住了，因为眼前出现一个庞然大物，它倚靠在大金字塔旁，挡住了他们前进的方向。那一片片闪亮的鳞甲，就像一面面椭圆形的大镜子，齐齐地映射出周围世界红色的水光。

这是什么？于明拉起琳达，启动腿部的推进器，两架猎手机器人同时腾空而起，他们看到了一个巨大的身躯，之前挡住他们的庞然大物，只不过是它的一只肉足。

这个巨大生物蜷卧在金字塔旁，它有着和苍鳐一样的三角形头颅，有着巨大的喙，面部与其非常相似，但体型要比那些苍鳐还大一倍，只见它的一双肉翼已经退化，变得很短，很滑稽地斜插在臃肿的身体上，从身体两侧长出几对粗壮的肉足。

在它的旁边，有一条断为两截的大蛇还在挣扎扭动。它似乎才饱餐一顿，睁着惺忪的睡眼，一张巨喙一张一合。当它看到眼前几个快速升起的发光体，每个都举着一束长长的光，它的眼睛略微睁大，从眼神中似乎流露出懵懂和不解。

“这个生物是什么？你快问问六触！”于明转头向小叮咚。

“那是鳐后，苍鳐族的‘王后’，它的使命是守护神山，”小叮咚翻译了六触的回答，琳达的脑海中立刻闪现出蜂后、蚁后那样身体滚圆的形象。

“告诉你们！这些苍鳐发疯了！我的导弹就要不够了！”于明和琳达听到大力神轰鸣的声音。

就在他们停顿的片刻，那些苍鳐已经追上来并且迫近，它们不顾一切地发动起攻击。

大力神发出一簇簇导弹，在它们中间炸开了花，庞大的肉体在水中被炸碎。但它们依然奋不顾身、前仆后继，似乎为了保护自己的首领不怕粉身碎骨。

大力神没有导弹了！它擎起光刀，向那些黑压压的巨兽飞去，闪进那一团团黑云之中！这些生物太强壮有力了，只见大力神被它们打得翻来滚去，狼狈不堪，已经完全失去了控制。

于明手擎光刀挡在琳达的身前，紧张地关注着战局的发展。大力神不是它们的对手，但它们也不可能给它的钢铁之躯带来伤害。这群疯狂的巨兽数量太多了，如果他贸然冲入战团，不仅徒劳无功，面对很大的危险，对大力神也不会有任何帮助，该怎么办呢?

“你们向我靠近，我会保护你们！”就在他犹豫之际，有一个声音突然在他们的心底响起。

就在他俩的身后，那只鳐后撅起身体，用几只肉足支撑起庞大的身躯。

只见它原本一双惺忪的睡眼，此刻完全睁开，但看上去木然无神，似乎还有种奇怪的亢奋，就在它三角形巨大的头颅之上，紧贴着一个闪亮的发光物，发出一圈又一圈的光。

这只鳐后张开巨喙，仰头发出长长的声波，声波激荡，穿越海水，缭绕在金字塔的周围，回响在这一片深深的谷地。

那些苍鳐仿佛接到了命令，它们停止了攻击，回旋飞舞，一只只落在四周，臣服地蜷卧下来。大力神终于得以脱身，它立刻飞回于明和琳达的身边。

“这只鳐后脑满肠肥，思维简单，但它的脑容量太大了，我恐怕只能控制它一小会！”小叮咚紧贴着它三角形尖顶的头颅。

“小叮咚，立刻在它的大脑里搜索进入金字塔的通道，我相信它一定知道！”

“好的，我再坚持一下，哈哈哈，我找到了！”

只见那只鳐后挪动巨大的身躯，让开身后一个三角形的洞口，那个洞口就直接开在金字塔上三分之一高的地方。

“小叮咚！入口出现了，你快回来吧！”于明和琳达立刻向那个洞口奔去，大力神紧跟在他们后面。

当那个明亮的发光物一离开鳐后的额头，这只巨兽似乎立刻清醒了，它的眼神变得凶狠，发出的声波变得急促。

那些苍鳐躁动起来，就像接到命令，扑动双翼飞起，向宇航员们离去的方向俯冲。

可是它们的行动太迟了，三架机器人和小叮咚已经来到那座三角形的洞口，被一股水流吸进去了。

一只追击而来的苍鳐头卡在洞口上，它进不去也拔不出来，就这样痛苦地挣扎着。

这条三角形的通道一路倾斜向下，他们不知道向里滑落了有多久。

水流逐渐变得缓慢下来，因为通道变得越来越宽，他们似乎进入了一个比较大的空间。

周围一片黑暗，于明和琳达亮起头灯观察周围的情况后，他俩不约而同地举起光刀。

就在他们的面前，悬停着一只苍鳐，只见它伸展一双宽阔的肉翼悬停在水中，张开布满锋牙利齿的喙，一脸凶相，作势就要向他俩扑来。

他俩手举光刀等待，那个生物并未靠近，保持那个姿势一动不动。

很快他们就放下了戒备，难道这只是一只苍鳐的幼兽?

它的体量只有那些成年苍鳐的百分之一，不比大力神大多少。因为近在眼前才显得很大，在三角形的头颅上双目紧闭，表情看似凶恶，就像一具缩微模型悬浮在水中。

“小心！它是活的！”当于明靠近它时，琳达提醒道。

从于明头灯发出的明亮的白光，照射到这个生物的身体上，它的鳞甲似乎还没有长成，体表肌肤都是透明的，露出表层之下密集的浅黄色血管，就这样悬浮在水中，像一个胚胎一样微微地跳动……

于明、琳达和大力神将灯光投向四处，这是一个有着三角形穹隆的巨大空间。

和外面那种富含硫化物的橙黄色海水不同，这里的水质非常清澈。

他们看到周围悬浮着很多种生物——外形像灯笼一样闪烁荧光的云水母，体表绽放出彩虹般绚丽色彩的大海蛇，长着一张死人脸、蛇发飘舞如菊花的美杜莎……

还有很多是他们从未见过的，不知道是否也属于这颗玫瑰星——头顶长着尖锐长角、体表光滑、尾翼巨大的鱼状生物，有几百条小脚、身体扁平粗糙的蜈蚣形生物……

但它们的体型全都被缩小了，缩小比例从几百倍到几倍不等，变成一般大小，此刻它们就像在休眠，或者呈现某种胚胎的状态，一动不动地在水中悬浮着……

“它们全部都是活体，这是一种高超的生物科技，”琳达检查了一圈之后，下了结论。她和于明驱动猎手装甲机器，上上下下，在这些悬浮的生物中间穿梭游动，

“这座金字塔到底是谁建造的？收集这些生物的目的是

什么？难道它们也和我们一样，对研究外星生命感兴趣？”于明不禁发出了这样的疑问，但这只是自言自语，或许不会有人知道答案。

“于明！你看到了吗？那是大卫！”他俩并肩游动着，琳达突然惊声尖叫道。

只见一截金属质地的长腿，从一团白花花棉絮状生物中穿出来——

当于明将光照向那个方向，那截长腿反射出铂金一般明亮的光辉，他看到一具古希腊雕塑般的面容，脸上还带着黑色的眼罩，看上去非常严肃，一动不动，就镶嵌在那团棉絮状生物的中间。

“大卫你怎么了？”于明立刻驱动猎手装甲，一个加速冲向那具金属人。

就在他即将靠近的时候，一道白光闪过，那团白花花的生物被光刀劈开了。琳达收起了光刀，快速跟上，与他并排游在一起。

那个金属人摆脱了棉花状生物，受到水流的冲击，向他们飘来，身体直直的，就像一具尸体……

“它的身体只有大卫的一半大！”

“它不是大卫！只是一具复制品！”

看着这个金属人惟妙惟肖，与大卫一模一样，但小得像一个模型，于明突然感到有些恐惧，在他的脑海中，一个念头闪出来：如果所有进入这里的生物都会被制造出一个复制品，那么他和琳达也将不会例外，他们的本人将会被送到哪里去？

这个金属复制品飘到跟前，突然伸开一双手向他俩抓来。

于明抢身向前挡住了琳达，他挥动机械手一拳打在金属人的身体上，金属人受到巨力冲击，向后翻着跟头飘远了，消失在众多的生物中间。

水中某处发出“吱嘎”的沉闷响声……

在一个黑暗的角落，墙壁上打开了一扇三角形的门，透过来暖色的光……

伴随着这扇门的打开，他们接收到了信号——

一个旋律回响在他们的耳畔。

悠远空旷、让人迷醉痴狂的旋律，神秘莫测、令人无法揣摩的旋律，和他们第一次在深海里从那个圆盘状飞行物接收到的旋律一模一样。

在三角形的门口出现了一个身影，它挡住了光，在这处空间里留下了一道长长的影子。

难道是金字塔的主人要出现了？

“大力神，我们躲起来，看看它要干什么——”

于明在通信里说道，他和琳达躲到一个云水母的背后，立刻熄灭了机械装甲的灯光。

那个影子飘了进来，在水中飘飘悠悠，绕过大海蛇、美杜莎，绕过一些奇形怪状的生物，直奔大力神的藏身之处。

在黑暗中借助夜视功能，他们看到一架用几何体拼凑起来的机器。

就像一个半圆形扣在长方体上，它有着机械加工出来的工整棱角，还有一双叶轮挂在它身体的两侧，那一双叶轮转动着，驱动着这架机器前进。

它直接飘到大力神的跟前，大力神横握光刀，做出抗拒的姿势，仿佛警告这架机器不要靠近。

这架机器毫不理会，从它半圆形的上部射出一道光……

大力神举刀劈下，可是光刀停在半空中，再没有落下来！就这样保持这个姿势一动不动。

这架机器射出的光，明亮有如电弧，落在大力神的身上，从上到下，从前到后，从左到右，围绕着它转了一圈又一圈，就像在仔仔细细地扫描。

这是一个令人非常紧张的时刻，它到底要做什么?

“大力神，你的情况怎样?”于明在通信里悄悄问道。

“我的身体失灵了，我失去了抵抗能力。”

大力神的声音低了一度，似乎失去了能量，不再有轰鸣的感觉。

扫描完毕，这架机器转动身侧的两个叶轮，离开大力神，绕过那些悬浮的休眠生命体，又向于明和琳达藏身的地方飘来，很明显它非常清楚他们的位置……

情况已经明朗了，这架神秘机器具有特异的科技能力，可能远超地球人的科技水平，如果不采取行动，于明和琳达也会被它控制，于明跳出来，举起光刀，决定先发制人。

正当他举起光刀劈下之时，这架神秘机器发出电弧之光，照射到他的猎手装甲之上。猎手装甲就像被接通了电流，有一股能量沿着这道电弧之光流进来，就像液体迅速注满了猎手装甲一般，让它变得极度沉重，所有的关节变得僵硬。

猎手装甲机器人失灵了，禁锢住他的身体一动不能动，他无法再驾驭它做任何动作，于明的脉冲激光刀放不下来，一双机械臂僵直在半空中。

12. 水中的演奏者

从这架机器半圆形上部的一个小孔里，射出耀眼的电弧之光，它具有神秘的能量。这种能量注满了猎手装甲后，开始流入于明的身体肌肤。他感到全身发热，又酥又麻，似乎有一股电流在他的身体里蔓延，让他的神经肌肉翻滚跳动。

这架神秘机器前后左右地对他扫描，又回旋上升。六触此刻就用触手吸附在猎手装甲的左肩，它的光也落在这个小生物上开始扫描。

那束光扫描完六触之后，又回到于明身上，对准于明的头部开始扫描，仿佛有一道光刺入了他的脑海！他的大脑里立刻变得沸腾了，思维失去了控制，分不清哪些是真实、哪些是幻象，很多的幻觉纷至沓来……

“异星人，你们是很好的研究对象。”有一个意念硬生生地挤了进来。

他一动不能动。在极度恍惚中，他看见琳达绕到这个神秘机器之后，以一双机械臂举起光刀，可是再没有落下来……

电击的力量太强大了，他陷入了昏迷，灵魂如出窍了一般，飘离了身体，飘离了机械装甲，轻飘飘的就像一股烟……

这是多么奇怪的梦啊！难道这就是死亡吗？

他感到自己飘进一个黑暗的隧道，看到一颗红色的宝石，无数个棱面闪烁着光，映射出大千世界，每个面里都深藏着不同的生命星球……

他顺着这条隧道向前飘去，似乎瞬间穿越百万光年，眼前突然变得明亮起来。他看见了星星，无数的星星，整个银河系的星星，都在围绕他旋转……

他习惯性地判别自己的方位，猎户座、英仙座、人马座三大银河系旋臂在哪里？密集的星群凝结成光球，似乎都在他的脚下发源……

如果这里是银河系的中心，那么大黑洞在哪里？

当他转身，看到身后有一片巨大的黑暗空间，那里没有一个星星，似乎全都被某种时空怪物给吞噬了。不过还有一个天体装置，孤独地漂浮在黑暗之前，它的形状就像一张长条状的金属网，在网格上此起彼伏跳跃着闪电，那是什么？

那让他想起戴森球能源系统……

梦还在继续，他的大脑沸腾着，醒不过来……

他看到周围有无数的影子，奇形怪状，向自己靠近，有的像人类，有的不像人类……

那是外星人，来自各个星球的外星人，来自整个银河系，没有人告诉他，但他突然间就懂得了。

此刻它们似乎都被这条隧道吸了进来，变成透明的灵魂，难道这里是天堂……

“不！我绝对不能死！我要救琳达和大卫！”这个意念将于明惊醒了。

随着他的惊醒，这个自救的意识拼命挣扎，大脑里更猛烈地沸腾起来，思潮翻滚。这个念头倏忽飘走，转念之间就忘记了……

一个梦接着一个梦，大脑里充斥着幻觉……

突然之间，对大脑的电击停止了，那道正在扫描他的光熄灭了。

大脑不再沸腾，他的幻觉被打断，梦在瞬间就消失了，他恢复了清醒，一下子落回到现实中来。

眼前这架神秘的机器不只是光熄灭了，就连叶轮都不转了。如同断电般悬浮在水中，一个发光的半透明小男孩从它的身后飘出来。

“我怎么会在这里？”这是他清醒后的第一个疑问。

“小叮咚，你对它做了什么？难道你找到了它背后的电源开关？”琳达问道，她此刻手举光刀，保持那个姿势，还未来得及放下。

“哈哈哈！它仅仅是一架机器而已！我找到了它的弱点！关闭了它！”

“谢天谢地！”琳达放下光刀，她恢复了行动能力。

“我想我可能知道这座金字塔有什么用途了，它是一个高等宇宙生命建立的传输门，它们收集各个生命星球中各种各样的生命，将这些生命传输往银河系的中心！”于明冲口说道。

“我们抓紧行动吧！氧气消耗太快，留给我们的时间已经不多了，我们找到大卫后就尽快离开这里！”

神秘机器被关停了，可是那扇门并没有关闭。他们进入那扇门，向前走去，那个空旷幽远的旋律，信号越来越强烈，声音在他们的耳机里越来越大……

两侧是以青石砌筑起的三角形走廊，发出暖色的亮光，看不见灯在哪里，但足够宽阔，他们并排走着都不显得拥挤。

“你们是否感到有什么东西跟着我们？”琳达突然说道，她和于明同时转过头去。

只见那些被缩小的休眠生物，此刻正飘在他们的身后，跟随他们进入这条走廊中来。

他们看到被缩小的云水母、苍鳐、大海蛇和美杜莎，还有很多不知名的动物，即便暖色的灯光照在它们的身上，依然显得那样苍白，毫无血色，就像一群僵尸在梦游……

它们就像被磁铁吸住了，当于明和琳达向前走，它们也飘着跟上前；而当他们停下来，它们也会停下来……

“跑！”于明和琳达心照不宣，大力神和小叮咚也心领神会，几架机器人同时启动，在三角形走廊里奔跑起来。

他们跑进了一处新的空间，由于惯性，他们跑进去绕了一圈才停下来。

这又是一座三角形大厅，似乎要比前一个更大，难道这又是幻觉吗？

难道它们是在奏乐？！它们心无旁骛，似乎根本就没有看见这群闯入者。

这些家伙的长相好奇怪啊！它们聚在一起，漂浮在大厅的中央，数量大概有十几个，全都长着和六触相似的躯体，向下伸出长长的触手，但体型要比六触大几倍。每个头颅上都呈现出不同的模样，就像带着假面具，而身体两侧，全都伸出一对转动的叶轮。

有一个头颅面目像云水母，有一个头颅像海蛇头，有一个头颅像美杜莎，甚至有一个头颅像一朵特大的海葵花！它们漂浮在水中，以几只触手捧着类似于电子演奏器的东西，来回摇摆着身体，似乎在忘情地演奏着……

从大厅三角形穹隆的最顶处射下一道光，落在这群家伙的中间，罩住了一个模样更加荒诞滑稽的怪物。这个怪物的体型比这些神秘的演奏者还要大一号，外形看起来像一条大章鱼，它似乎受了伤，在圆滚滚的头颅上缠绕着一圈圈的绷带，将它包扎得就像一个木乃伊。

只见在它一只长长的腕足上，挥动着一根晶亮亮的金属棒，就像在指挥演奏。在金属棒的顶端镶嵌着一颗红宝石，这颗红宝石有很多个棱面，看起来是那样高贵……

“红宝石！我在幻觉中见过这颗红宝石！”于明以机械手指向它，在无线通信中大声说道。

于明感到肩头颤动，那是六触在簌簌发抖，只见它做出双手交叉的姿势，说不清它是极度恐惧还是又在念诵咒语……

这些神秘的家伙旁若无人，完全不理会闯入者，依然自顾自地演奏着。

有一个长着泥虎状头颅的家伙，有意无意地斜睥了他们一眼，从眼神中似乎流露出惊奇。不过它很快就收回了目光，继续专注于它的“电子演奏器”，有节奏地摇摆躯体。

“大卫！难道那个是真的大卫？”琳达不敢再轻易相信自己的眼睛了！

于明也看到了大卫！他从一个神秘家伙的背后转了出来，带着黑色的眼罩，转到这群奇形怪状家伙的中间，靠近那一具木乃伊大怪物，不过他就像没有看见于明一样，自顾自地捧着一个“电子演奏器”，摇摆着那副金属身躯，全身心地投入演奏中……

“这肯定又是假的，大卫根本不会弹奏乐器。”这回于明冷静了很多，没有立刻冲入这个怪物群。

这场神秘的音乐会似乎永远不会停止，会一直演奏下去……

突然于明被放倒在地，从他背后伸出一条腕足，勒住了猎手装甲，紧紧地缠住了他。

原来是那些休眠的缩微生物悄悄地飘了进来，它们全都复活了，只见大海蛇缠住了琳达，苍鳐在进攻大力神。

但它们的身体被缩小了很多倍，力量更是小了太多。

于明驱动猎手装甲，一发力就摆脱了身后腕足的束缚。机械装甲对付这种体量级别的生物占据绝对优势，他看到琳达的一双机械臂发出高压电烧焦了大海蛇，而大力神徒手轻松地撕碎了苍鳐。

一只云水母向于明飘来，从它的颚下发出一道电火花，击中猎手装甲，于明却连一点发痒的感觉都没有。一只美杜莎露出死人般的脸，向着于明张开大嘴释放超声波，不过这次它几乎没有任何的杀伤力。

这些生物虽然软弱无力，但却没有放弃进攻。它们数量众多，如潮水般涌上来。

“我发射微波炸弹来解决它们！”大力神说道。

那些蜂拥而上的生物纷纷中弹，微波炸弹爆炸，产生的高温一瞬间从它们的身体内释放出来。这些血肉之躯爆开了，从原本的苍白色转瞬间变成了粉红色。

即便这边战斗得天翻地覆，那边的音乐会依然继续着。于明看到那只包扎得像木乃伊似的大怪物换了个姿势，它举起了腕足中的那根金属棒，顶端的红宝石就像遥控器般亮光一闪……

音乐会戛然而止。

演奏者们纷纷放下乐器，它们舒展开长长的触手，身侧一双叶轮转动，向这些闯入者悠悠飘来。

“不要过来！”不管这些家伙是否能听懂，于明奋不顾身抢身向前，对它们做出拒绝的手势，但它们视若无睹，依然飘飘向前。

大力神发射了一枚微波炸弹，飞向那只长着云水母头颅的怪物，不知道它的身体是金属制造的还是有力场保护，微波炸弹碰到它立刻就被弹飞了。

那个长着泥虎头颅的神秘家伙飘在最前面，一双叶轮转着。六条长长的触手，舒展着伸向于明。

于明被步步紧逼，已无路可退，他举起光刀奋力劈下。

从这个神秘的家伙眼中射出一道光线，明亮有如电弧之光，当它照射到光刀之上，两束光相互碰撞时，光刀的能量束突然消失了，光刀不亮了！

那一道神秘之光笼罩住于明，他感到机械装甲的能量在迅速流出，似乎被它吸走了，这副装甲又变成了牢笼，他被禁锢在里面，一动不能动。

更多神秘的家伙飘飘悠悠地围了上来，大力神挥动铁拳，琳达双臂放出高压电，然而他们就像中了魔咒，所有的能量都被快速吸走，瞬间失去了抵抗力，这些家伙放射出电弧之光，仿佛要切割和分解他们。

那只木乃伊大怪物用两只腕足做出交叉的手势，一只腕足再度举起金属棒，这次的动作是直接指向他们。

金属棒顶端的红宝石就像接通了能源，瞬间放射出万丈光芒！在他们头顶的上方，就像有一座空间的大门突然被打开了！那里蓦然出现了一个巨大的黑洞！

灵魂出窍的感觉又回来了，于明感到思维沸腾，完全不受控制，他感到自己飘离了身体，飘离了机械装甲，头顶的黑洞似乎在呼唤他，吸引他向那里飘去……

恍惚之间，他看到琳达和自己一样飘着。轻飘飘地，飘向那个黑洞。她失去了知觉，金色的头发，苗条的身体，白皙的面庞，消失在那片深邃的黑暗之中……

“琳达！”他伸开双臂痛苦地呼喊，随着她向上飘去，那个黑洞越来越近，变成一个幽深的大旋涡，就像死神张开的大口……

就在他恍惚迷离之际，突然之间，一个闪光的金属身体一跃而起，扑向那只木乃伊大怪物。

原来是大卫！只见他一只手抓住那根金属棒，另一只手按住了顶端的那颗红宝石！

当红宝石不再发光，头顶那个黑洞就缩小了，似乎在一瞬间它失去了吸引力。于明的灵魂从半空中回归肉体，猛然间清醒过来。

“快来帮我夺下这个东西！”在通信中大卫大声地呼喊。

大卫抓住的似乎正是这只木乃伊大怪物的要害，它被激怒了，一层层的绷带瞬间迸裂，它的身躯暴涨了十倍，一条条腕足变得极为粗壮，卷起大卫狂暴地摔来摔去。

无论如何被摔打，大卫都紧紧抓住那根金属棒不放，与它争夺着，就像骑上了一匹烈马。

遭遇这一变故，所有攻击他们的怪物都收起了神秘之光，转过头去摆动触手。一双叶轮高速旋转，向三角形大厅中央的这只巨型怪物飘游回来。

“我们去帮助大卫！”于明在通信中大吼，开动机械装甲的全部马力向前冲去。

那些神秘家伙漂游的速度并不快，于明一马当先冲到它们前面，挥动机械臂铁拳打向那只巨型怪物，一只机械手帮助大卫抢夺那根金属棒。

然而还未等他靠近，一只布满吸盘的腕足已经将他高高卷起！这只巨型怪物的力量如此强大，猎手装甲的机械动力根本不是它的对手。

巨型怪物用两只腕足分别卷住大卫和于明，在水中高高举起用力撞击！那根金属棒顶端的红宝石再次亮起，发出耀眼的红光，在他们上方的黑洞又敞开了，张开了黑黝黝的大口。

于明又陷入神思恍惚、灵魂抽离的感觉之中，巨型怪物的力量太强大了，他看到大卫放开了争夺金属棒的手。此刻琳达和大力神被那些奇形怪状的神秘家伙纠缠，在远处根本不能靠近。

有一个长得和六触一模一样、体型却大一倍的家伙，伸出两侧的叶轮，悠悠地向这只巨型怪物飘来。就在它还未防备之际，突然一个加速贴上它硕大的额头，身体开始变形并发出一圈圈的光。

“好样的！小叮咚！”

当小叮咚贴上它的头颅，这只巨型怪物的动作明显放缓了，它的腕足在这一刻也变得软弱无力。

于明和大卫得到了喘息之机，他俩从这个巨型怪物变得松软的腕足中挣脱开来，大卫立刻又向那根镶嵌了宝石的金属棒扑去。

一道电弧之光挡在大卫的前面，那个长着泥虎头颅的家伙出现了！

只见它摆动长长的触手，以一双叶轮飘游在水中，从一双眼中放出炽亮的光芒，犹如利剑般刺入大卫的金属身体。遇到这道光的大卫立刻失去了行动能力，它似乎射透了他的金属身体，就要将他熔化了。

另一只长着海蛇头的家伙也游了回来，游近这只巨型怪物，看着它像喝醉酒般。这只海蛇头紧盯它额头上的发光物，似乎找到了原因。此时，在它的触手之间，出现了一个光球，由小变大，越来越亮，向小叮咚飘去。

这是一种什么新式武器？

就在光球还未触及小叮咚之际，有一个小小的影子冲了过去，挡在小叮咚的身前，替它挡住了光球，在撞击中光球瞬间迸发，发生了爆炸，那个小小的生物被烧焦了！

12. 水中的演奏者

“大卫！我拿到它了！”于明手举金属棒，从巨型怪物的后边转了出来，就在六触替小叮咚挡住致命一击的时候，于明从巨型怪物的一只腕足上夺下了金属棒。

“快交给我……我知道它的用途……”大卫在神秘光线的笼罩中变得虚弱无力，他艰难地向于明伸出手。

于明一个冲刺向他靠近，但被什么东西从背后给拉住了，一只巨大的腕足伸了出来，卷住了他的机械装甲，此刻小叮咚已经被那只海蛇头控制，它失去了光芒，从巨型怪物的额头上脱落，这个大家伙又恢复了力量。

看到所有的闯入者都被制服了，它卷起于明晃来晃去。似乎因为胜券在握，非常得意，一双圆鼓鼓的大眼睛中满是笑意。几条腕足张牙舞爪，就像跳起了胜利的舞蹈。它伸出一只腕足向上漫卷，作势就要夺回那根金属棒。

于明开动机械装甲拼命挣扎，他感到窒息，眼前发黑，难道偏偏在这关键的时刻氧气即将耗尽？

突然之间，有一个身影如电光飞掠，从这座三角形大厅的入口处飞速游来，这个影子身姿袅娜，明显是一个人类女性，她如同一条飞鱼一般高速滑过这处水域空间。

那个攻击大卫的家伙还未来得及转身，泥虎状的头颅已经被快刀削去一半，露出里面金属的光泽，在水中旋转起来，大卫获得自由。她又冲向于明，持枪向巨型怪物射击，于明从正面看到她巧克力色俊俏的脸，原来是朵蕾！

射线枪威力强大，喷射出高能粒子流，在水中留下一长串气泡，尽管这只巨型怪物神武有力，也有些承受不住了，那条卷住于明的腕足因为剧痛而疯狂颤动，于明被甩出来了。

朵蕾围绕这只巨型怪物快速游动，躲开它狂舞的腕足，不停开火向它射击。

“快把它给我！”大卫伸出了手。

“给你！”于明将金属棒交给大卫。

大卫接过了金属棒，只见他高高举起，指向那只巨型怪物，末端的红宝石就像接通了电流，瞬间绽放出瑰丽的光芒。

在这只巨型怪物的头顶出现了一个黑洞，越扩越大，笼罩住它。

这回它真的慌了，完全不顾朵蕾的射击，鼓动身体伸长全部腕足向大卫抓来！试图抓住大卫，夺回金属棒。

大卫毫不退缩，手拿金属棒指向它，红宝石越来越亮，黑洞也越来越大。

当它的一条腕足就要抓到大卫时，那个碗口粗的吸盘剧烈颤抖时，它开始收缩，变得越来越小。这个怪物的身体被缩小了！它绝望地挣扎，漂浮起来，被那个黑洞吸进去了，越来越远，消失在一片黑暗之中。

“我们快走吧！离开这座金字塔！氧气要没有了！”于明感到呼吸非常困难。

他转身去寻找琳达，此刻琳达和大力神正与那些神秘家伙缠斗。大卫再次举起金属棒，红宝石闪动，那些家伙仿佛断电一般，失去了神秘的能力，再也射不出电弧之光。

于明奔向琳达和大力神，小叮咚抱起烧焦的六触，他们向来时的入口奔去，大力神和朵蕾断后。那些漂游的家伙虽然失去了武器，但依然跟在他们的后面紧追不舍。

他们进入了三角形隧道，向金字塔外奔跑，朵蕾边跑边举起射线枪向后扫射，这回这帮家伙似乎失去了能量保护，在高能射线的轰击之下，它们的头颅犹如泥塑的面具般脱落，露出半圆形和长方形组合的机器模样，落在他们的身后，渐行渐远。

13. 返回太空

“我这是怎么了？我在哪里？这里还是神的宫殿吗？”

六触观察着周围的环境，它感觉有些不对劲，似乎周围的一切都变小了。

它感觉自己似乎昏迷了很久，依稀记得那个噩梦——它与神的朋友们进入神山，看到很多长相可怕的邪灵，它奋不顾身为神挡下致命的一击，以报答之前的救命之恩。

“快来看，六触苏醒了！”

两个以触手撑地直立行走，被神称之为人的家伙，正在那里密切地关注着它。

“我对它的改造已经完成，为它植入了智慧基因，体型也二次发育，增大了三倍，它的力量和运动能力比过去大幅增强了。从生物学角度讲，它已是一个新的物种，相当于从猿到人的飞跃。”

“琳达，你做得很棒，希望它回归大自然后，多多繁衍后代，智力加速进化，好好发展，改造这个世界，在这颗星球上建立起一种属于自己种族的新文明。”

“好奇者号”驶入了一片新的水域。

在全息视窗之外，他们看到海底耸立着一大片的城堡群，每座城堡都是圆柱尖顶的形状，高高低低地分布着。周围是姹紫嫣红的海葵花花园，看上去是那样的协调漂亮。

放大画面，他们看到很多六触的同类，抓来火山泥，正在城堡上修葺一排排的门窗。

当几道探照灯光束在城堡群上空扫射时，这些勤劳的小生物停止了劳作，仰起头，呆萌地看着上方这个犹如银针形状的发光体，它们触手交叉，做出膜拜的姿势，或许从此以后在它们的“典籍”中又将增加一条关于神的传说。

六触从“好奇者号”里出来了，它向下游去，游向那座城堡，每游一段路它就回一回头，看向“好奇者号”，恋恋不舍。

于明和琳达站在全息视窗前，看着六触回归到同类中间，消失在那一大片城堡之中。

“于明，我想这一物种受自身生理与生存环境的限制，即便拥有了高等智慧，最终也不可能发展出宇航技术，不可能钻透冰盖、穿越雷暴层、驾驶飞船在宇宙中遨游。”

“那可不一定，或许它们会发明巧妙的办法，结果又有谁能知道呢？况且智慧的用途并不只限于发展科学，也可以用在艺术上，或许在它们中间将产生伟大的诗人或艺术家，当然对于我们人类，或许永远不能理解它们美妙的表达。”

“祝福六触和它的同族永远平安！再见了玫瑰星！我们要离开了！”

“好奇者号”向上驶去。它越过一群椭圆形的发光的云水母，继续向上来到冰盖之底，这里是海洋生物的边疆。“好奇者号”开动钻头，一头钻进了冰盖层。

虽然在冰层之中他们再次遭遇神秘的冰蛇，但数量只是三三两两，于明驾驶“好奇者号”一路高速行驶，同时打开了超声波驱赶器，他们并未再次遭遇被冰蛇群团团围攻的麻烦。

“好奇者号”一路向上钻出冰盖，沐浴在玫瑰星地表的狂风之中，这个世界风景依旧如此壮丽！只见大风将冰雪吹得干干净净，露出铮亮的冰面，就像一面大镜子延伸到无限远，在镜子里映现出玫瑰色的暗红天空，在黑暗里有无数道闪电交织闪耀。

在这极度严寒的天地之间，大自然如此肃穆宁静，有谁能想象在它的地下藏着一座生命的乐园？在那里，大自然孕育出的奇迹令人咂舌，就像一个不可思议奇伟瑰丽的梦！

13. 返回太空

“好奇者号”在冰盖之上稍作停留，收起前端庞大的钻头，调整了姿态，准备向太空出发。

于明启动了反引力引擎，这是一种先进的宇航动力，可以将万有引力转换为斥力，让着陆器返回太空变成一个简单安全的过程。

“好奇者号”腾空而起，在反引力引擎的加速中，向天空飞去，速度越来越快。那覆盖着冰雪的苍茫大地，隐遁在昏暗的暮色里，越来越远，逐渐消失在粉红色的云团中。

“闪电！我们被闪电击中了！”第一道闪电击中了“好奇者号”，尽管他们早有经历，也有心理准备，还是被一声撕裂船体般的巨响吓了一跳。

“好奇者号”飞入了雷暴层，这是返航过程中最危险的阶段。

飞船剧烈地晃动摇摆。在全息视窗之外，无数道闪电在“好奇者号”周围交织，构成一座发光的大森林，仿似成百上千条弯弯曲曲的枝干在天空熊熊燃烧。

“好奇者号”差点又成为雷神聚焦的靶子，仿佛整个天空的闪电都蜿蜒着向它伸来。千钧一发之际，“好奇者号”疯狂加速摆脱了雷神的魔爪，越过雷电密集交织的区域。

周围的闪电开始减少，沸腾的云团和翻滚的闪电，终于被“好奇者号”甩在身后。

随着“好奇者号”的行驶，玫瑰星越来越远，群星已经在前方黑色的夜空上显现，看起来那样美好、那样亲切。于明手握操纵杆，却高兴不起来，对于身后那颗星球，他的心中涌起了太多的留恋。

云水母、大海蛇、六触和泥虎，甚至于苍鳐，这些大自然创造的生命奇迹，或许今生他都不会再见到，“好奇者号”不会重回这颗星球，它们从此只能珍藏在他的记忆里了。

“我们终于要到家了！”朵蕾的一声欢呼，打破了他一刹那的恍惚。

此刻她和琳达并排坐在监控席上，琳达正在与“达尔文号”联络，确定这艘母船的方位。而大卫坐在于明的身边，双手摩挲着那根镶嵌宝石的金属棒，一刻都不舍得放手。

“达尔文号”是一艘先进的宇宙飞船，外壳装甲以来自中子星残骸的超重元素制造，由于物质密度极大，巨大的质量扭曲了光线，引发了视界效应，导致它的视觉直径极小，这让它在群星的背景上几乎不可见。

于明锁定了“达尔文号”的位置，他关闭了反引力引擎。“好奇者号”像一根银针，在星空的背景上滑行，被一个巨大的引力场所吸引，向黑暗的深渊滑去，一截截消失在永恒的黑暗之中。

“达尔文号”的内部空间极大，“好奇者号”驶入船坞，完全静止下来，所有的宇航员鱼贯走下飞船，一个笼罩在红色光影中，满脸皱纹、极度苍老的虚幻老人，已经站在那里等候。

“欢迎你们平安归来，祝贺你们圆满完成这次外星科学考察任务！”他伸开双臂以虚幻的光影，挨个与宇航员亲切地握手拥抱。

“达尔文老师！我们在玫瑰星采集到 1000 多种外星生物的 DNA，这些生物各有特点，有的可以分泌强酸，有的可以放电，非常有科学研究价值！”

“达尔文老师！我们实施了‘宇宙伊甸园计划’，找到一种智能生物，对它进行了基因改造，相信这将改变这颗星球的未来，孕育出一种新文明！”

“达尔文老师，我们在玫瑰星意外发现了某种外星机器，它们的科技非常先进，我拿回了这个东西，它蕴含巨大的能量，功能无比神奇，可以打开通向宇宙深处的时空隧道！”

达尔文从大卫手中接过金属棒，以一团红光托住它仔细观察。

“宇宙浩瀚，在太阳系诞生之前，银河系就已经存在了 150 亿年，孕育出无数种外星文明。它们的科技比我们领先了数亿年，发展得出神入化。我相信这个东西背后一定隐藏着巨大的秘密，我将它带回实验室慢慢研究。”

宇航员们随达尔文来到星际导航室，在一张大圆桌前坐定，周围金属墙壁上有无数盏小灯亮亮停停，就像思维在人工智能的大脑里流动。

“你们将休息一段时间，在宇航休眠中调整。按照星际联盟制定的‘银河星图’计划，‘达尔文号’将进入量子蛙跳状态，在三个月之后到达一个新的星域。”

达尔文打开星象显示仪，他们又陷入银河系的旋涡之中，被璀璨密集的星河包围，无数颗闪亮的星星扑面而来，达尔文为他们指示飞船即将奔赴的那个地方。

“达尔文老师，对那一片星域您目前观测到什么？”大卫以合成器的声音与达尔文讨论着……

“在你的异星探险之梦中，还会有我吗？”于明碰了碰琳达的手。

她此刻就坐在他的身边，蓝色的眼睛，高挺的鼻梁，水蜜桃般甜美的面容，金色的头发，在星光辉映中显得那样美丽。

“会的，一定会的。”她悄悄地将自己的手，放在他的手上。

此刻在“达尔文号”飞船之外，第五号行星明亮巨大，在它的气态巨行星的表面，一道道条纹色彩斑斓明暗交织，就像涂满了一圈圈色彩鲜艳的油彩。

有一颗粉红色的小星球，从它洁白的星环之外转了出来。它看上去是那样普通，那样的平淡无奇，让人无法相信它未来将会孕育出宇宙文明，成为这个星系的明日之星。

在群星的背景上，有一团光晕瞬间迸放，白色的光圈越扩越大、越来越薄。“达尔文号”启动了量子蛙跳引擎，它消失在这团光晕的中心，光晕越来越淡，直至完全消失，不留一点痕迹。星空寂静如初，恢复亘古不变的模样，就像这里从来都没有什么发生过。

跋

相信未来

1988 年夏季的一天，一个中国东北小城的居民自称目击了 UFO。

那时傍晚天黑了，我的邻居在大街上散步，他看到一个发光的碟状飞行物停留在山头，向下喷射出一束蓝光，他立刻跑回家叫人出来看，此刻 UFO 已经消失了。当时在场的人依然记得跑出门外时看到的情景：一个巨大的白色气环挂在晴朗的星幕之上，占据了四分之一的天空，夏夜无风，明亮的月光从另一边照射过来，白色气环的形状非常圆，在夜空上经久不散。

当晚有很多人目击了这个神秘的飞行物，这一事件在小城引起了轰动，我的楼上住着一位报社的记者，接下来几天天一黑我就陪着他拿相机去山坡上蹲点，希望这艘神秘的

UFO 能再次出现，然而它飞离了小城就没有再回来。许多年后我将它的身影写进了科幻小说："达尔文号"启动量子蛙跳引擎消失在太空，留下巨大的圆环形光晕……

根据科研观测，宇宙有几百亿年的年龄，仅在银河系中就有 2000 多亿颗恒星，而太阳在 50 亿年前诞生，位于银河系猎户座旋臂的边缘，在银河系中地球人类的出现比较晚，或许某些宇宙人的科技比人类提前发展了几亿年，来到地球就像一个大都会的人来亚马孙丛林旅游，考察人类社会就像考察一个原始蚁群，然而它们无意间的惊鸿一瞥，却给我留下永生难忘的记忆。

回想起我的少年时代，不仅有 UFO 的身影，也曾有科学梦想在我的大脑中奔腾，在小学五六年级我就阅读科普读物，试图理解相对论和量子论，就像爱因斯坦一样设想跟随一束光奔跑会看到什么，我也曾设想如果从无穷小向无穷大穿越会怎样，甚至于独立提出三个物理学猜想。

在无穷小端我认为基本粒子并非是一个几何意义上的点，而是具有循环膨胀收缩的脉动空间结构，就像一个跳动幅度极大的心脏，由此产生了波粒二象性，物质波是横波而非纵波是这一结构的直观证据，这个模型简直就像 DNA 的双螺旋结构一样简洁明了，也比弦理论更经典直观。

在无穷大端，为了避免奥尔伯斯佯谬，我相信总星系是广义上的黑洞系统，任何光线都不能飞出总星系（闭合宇宙），而在宇宙中有很多个直径超过几百亿光年的总星系黑洞，其中有一半由反物质组成，在物质与反物质之间的万有引力不再是吸引而是排斥，因此避免了宇观世界的引力坍缩。

而在宇宙之内，我猜想万有引力常数并非恒定不变，而是在宇宙尺度上随着距离的增加而指数级增大，认为造物主在设计万有引力时有可能采用了和强核力同样的思路，强核力是原子核尺度的短程力，而万有引力是宇宙（总星系）尺度的“短程力”，科学界无需引入暗物质来增加星系团的质量以维持其稳定，因为在星系团的尺度万有引力要比计算值大。也无需假设暗能量来解释宇宙的加速膨胀，因为宇宙边缘的星系红移也可能是万有引力增至极大导致的引力红移。这样不仅让万有引力与强核力得到一种形式上的统一，也让宇宙学暗物质和暗能量这两朵“乌云”就此消散。

从 1988 年到现在，几十年过去了。科学飞速发展，生活日新月异。展望未来的一百年，科学技术的进步将会更快。可以想见，智能机器人将会像手机和汽车一样普及，大规模工业化合成食物将取代农业种植，核动力宇宙飞船将会研发成功，载着太阳能工厂到距离太阳最近的地方取火，人类将拥有近乎无限的能源。

而最为重要的一点是，我希望笼罩全球人类命运的死亡阴影得以消散，不再有携带分弹头核导弹的核潜艇在大洋深处游弋待命，也不再有可以毁灭地球很多次的洲际核导弹群彼此瞄准。对于宇宙来说，人类文明还是襁褓中的新生儿，本该拥有无限的发展潜力，它不应该被来自人类自身阴暗面的罪恶之手所扼杀。

让我们一起祈祷世界和平，并且相信人类会有美好未来！科技发展将给人类带来最好的时代！那时物质生活将会极大的丰富，每个人都不必再为生存奔波，而是把注意力放在发展兴趣之上，宇宙赋予我们生命的终极身份将被唤醒：地球就是一艘行进在星际的天然宇宙飞船，而我们每一个人都是探索宇宙奥秘的宇航员。